Anna Maria Kuppe

Chaos im Büro

Geschichten aus dem Berufsleben

AF282635

Anna Maria Kuppe

Chaos im Büro

Geschichten aus dem Berufsleben

Belletristik

Impressum

Bibliografische Information der Deutschen Nationalbibliothek:
Die Deutsche Nationalbibliothek verzeichnet diese
Publikation in der Deutschen Nationalbibliografie;
detaillierte bibliografische Daten sind im Internet
über http://dnb.dnb.de abrufbar.

Die automatisierte Analyse des Werkes, um daraus
Informationen insbesondere über Muster, Trends und
Korrelationen gemäß §44b UrhG („Text und Data Mining")
zu gewinnen, ist untersagt.

© 2024 Anna Maria Kuppe
Korrektorat: Gabriele Kuppe

Covergestaltung: Anna Maria und Gabriele Kuppe

Bildbearbeitung mit Photoscape

Herstellung und Verlag: BoD – Books on Demand, Nor-
derstedt

ISBN: 978-3-7597-6102-6

Die Protagonistin Lisa, ihre Familie und Kollegen sind fiktive Personen, die man sicher überall in der Arbeitswelt vorfinden kann. Übereinstimmungen und Ähnlichkeiten mit Menschen, die ich persönlich kennenlernen durfte, sind rein zufällig und ungewollt.

FAMILIE UND NEUBEGINN

6.30 Uhr.

Der silberne Funkwecker wollte einfach keine Ruhe geben.

Wieder einmal lag eine fürchterliche Nacht hinter Lisa. Kaum wurde sie um drei Uhr wach, wälzte sie sich von einer Seite zur anderen.

Gut und gerne hätte die Fünfundzwanzigjährige jetzt noch ein Weilchen in ihrem weißen Himmelbett liegen bleiben können.

Verschlafen starrte Lisa auf ihre weiß/silbern glitzernde Raufasertapete. Fotos mit den geliebten Eltern, Geschwistern und Hunden zierten die Zimmerwände.

Ach, komm schon Lisa, du musst aufstehen, versuchte sie sich selbst zu motivieren.

Ein wichtiger Tag in ihrem Leben begann.

Bis gestern hatte Lisa Morgenthau in einem kleinen Steuerberaterbüro in der Kölner Innenstadt gearbeitet.

Vor neun Jahren startete sie ihre Ausbildung zur Bürokauffrau. Allerdings war das nicht gerade ihr Traumjob. Lieber wäre sie in ein Reisebüro gegangen oder hätte Innenarchitektur studiert. Doch beim Reisebüro nahm man urplötzlich nur noch Abiturienten an und für ein Studium zur Innenarchitektin reichte ihr Realschulabschluss nicht aus.

Drei Jahre Ausbildungszeit waren für die mittlerweile junge Frau kein Zuckerschlecken gewesen.

Mit ihrem ehemaligen Chef verstand sie sich recht gut. Peter Schmalenberg, Mitte fünfzig, war ein netter und höflicher Mann.

Wenn dienstags und donnerstags seine Frau kam, dann kühlte die Stimmung bei allen Mitarbeitern und vor allen Dingen beim Chef rapide ab.

Hilde Schmalenberg, ebenfalls Mitte fünfzig, rothaarig, rauchte mit Vorliebe Roth Händle. Morgens früh interessierten sie nur die neuesten Kontoauszüge. Bezahlte ein Kunde nicht rechtzeitig, wurde sofort eine Mahnung rausgeschickt. Da kannte die Chefin kein Pardon.

Ihr angetrauter Gatte, Nichtraucher und mit lichtem Haar, wurde sichtlich nervöser, wenn seine Hilde in der Nähe war und benahm sich vollkommen anders.

An den Tagen nörgelte der Steuerprofi nur und würdigte auch Lisas Arbeit nicht so wie er es sonst immer tat.

Montags, mittwochs und freitags gab es dann wieder freundliche Worte und nette Gesten. Wenn der Chef Hunger auf Kuchen hatte, dann musste Lisa in die Bäckerei gegenüber marschieren. Zu Hause durfte er offenbar keinerlei Süßigkeiten anrühren, er sollte doch abnehmen, meinte seine Frau und schmierte ihm das bei jeder Gelegenheit aufs Butterbrot.

In ihrem Job als Bürokauffrau war Lisa selbständiges Arbeiten und organisatorische Tätigkeiten gewohnt, aber darüber hinaus hieß es ständig: Mach dies, mach das, hol dies und hol das. So ging das tagein, tagaus.

Herr Schmalenberg pflegte seine Auszubildende zu duzen. Sie war mit sechzehn in seinen Augen noch ein kleines Kind.

Obwohl es in der Natur eines jeden liegt, dass man älter wird, und das von Jahr zu Jahr, blieb Lisa für ihn die ewig Sechzehnjährige.

Natürlich zahlten ihre Arbeitgeber auch nur den Mindestlohn, so dass sich Lisa davon nicht mal eine eigene Wohnung hätte leisten können.

Aber es gefiel ihr sehr gut im Kreis ihrer Familie. Auf ihre Eltern und Geschwister konnte sich Lisa immer verlassen.

Mit der Zeit wollte die feinfühlige Lisa aus diesem Hamsterrad einfach raus. Nicht von zu Hause, aber vom Büro, in dem sie total unglücklich war.

Ihr Bruder hatte einmal etwas sehr Interessantes erwähnt.

»Bleib nie da, wo du deine Ausbildung gemacht hast. Sie werden dich benutzen.«

Und ihr Bruder Frederik hatte mal wieder recht!

So konnte es wirklich nicht weitergehen und als sie die Zeitungsannoncen studierte, lachte sie diese Stellenanzeige der Firma Mayser an.

Drei Wochen nach ihrer Bewerbung wurde Lisa zu einem Vorstellungsgespräch eingeladen und der Seniorchef war ein Gentleman der alten Schule. Er hörte ihr gut zu und war sehr höflich. Wenn alle so nett sind wie er, dachte Lisa, dann kann mir hier gar nichts passieren.

Schon drei Tage nach diesem Termin hatte sie den Vertrag in der Post und heute war ihr erster Arbeitstag.

Und tschüss, dachte sie damals und startete voller Erwartung in einen neuen Abschnitt ihres Berufslebens.

Nach dem morgendlichen Ritual, Zähne putzen, Fingernägel säubern, duschen und Tagescreme im Gesicht verteilen, ihr schulterlanges brünettes Haar bürsten und zu einem strengen Zopf flechten, setzte sich die 1.70 Meter große und schlanke Lisa an den gedeckten Frühstückstisch.

Mutter Eva und Vater Kurt warteten bereits auf ihre Jüngste.

Vor zweiunddreißig Jahren lernten sie sich bei einer Tanzveranstaltung kennen und verliebten sich Hals über Kopf ineinander.

Der Fünfzigjährige sah immer noch gut aus, ein stattlicher Mann mit braun gelockten Haaren und er gehörte zu den zwei Prozent der Menschheit, die grüne Augen hat.

Beim Blick in die wie Bernstein leuchtenden Augen seiner Liebsten war er davon überzeugt, dass seine Angebetete einmal seine Ehefrau sein würde.

Mit seinem eigenen Betrieb für Heizungs-, Sanitär- und Klimatechnik verdiente Kurt Morgenthau den Lebensunterhalt. Über seinen Kleidungsstil brauchte sich der Installateur keine Gedanken zu machen, denn der Blaumann war von montags bis freitags sein Arbeitsanzug.

Kurts freundlicher Umgang mit den Kunden und seine hilfsbereite Art sprachen sich schnell herum, so dass er ein gutgehendes Geschäft hatte.

Eva Morgenthau, die mit einem Baumwoll-T-Shirt in weiß und blau/weiß gestreifter Hose mit Rundum-Dehnbund immer leger aussah, imponierte mit ihrem natürlichen Wesen nicht nur ihrem Ehemann, sondern auch den Kunden und ihrer Familie.

Haushalt und Büroarbeit für den Gatten brachte die Fünfzigjährige spielend unter einen Hut.

Im Erdgeschoß des kleinen Einfamilien-Reihenhauses in Köln-Lindenthal hatte der Familienvater für seine Gattin ein elf qm großes Büro mit den nötigsten Möbeln, wie Schreibtisch und Regalen, alles in Buche, eingerichtet. Ein Computer und ein Drucker machten den Arbeitsraum perfekt.

Natürlich hätte Kurt auch seine beiden Töchter und den Sohn in den Berufsalltag mit einbeziehen können, aber er wollte, dass die Kinder sich frei entfalten und etwas tun, was ihnen Spaß macht.

Liebe wurde im Hause Morgenthau großgeschrieben. Egal, ob Eheleute, Kinder, Geschwister, Hunde, Liebe war für diese Familie Geborgenheit und Vertrauen.

Wie jeden Morgen trafen sich Lisa und ihre Eltern im Wohnzimmer des Hauses.

Dort hatte sich die Familie eine gemütliche Essecke mit alten Möbeln aus Eiche rustikal eingerichtet. Vielleicht etwas bieder, aber die

Erinnerungsstücke ihrer Großmutter wollte Eva Morgenthau nicht so einfach wegwerfen.

Wie immer wurden alle liebevoll mit einem Küsschen auf die Wange begrüßt.

Auch die beiden vierbeinigen Familienmitglieder Max und Moritz sprangen überschwänglich an ihrem Frauchen hoch.

Zum 21. Geburtstag bekam Lisa ihre Lieblinge als Welpen geschenkt.

So mancher miese Tag wurde durch die niedlichen Dackel versüßt.

Je mehr Zeit verging, umso mehr wurde Lisa nervöser und nervöser. So ein Neuanfang konnte ganz schön aufregend sein.

Beherzt griff Lisa in den Brotkorb, entschied sich für ein knuspriges Roggenbrötchen, das sie mit etwas Butter und Himbeermarmelade bestrich.

»Oh, Vorsicht.«

Kurt Morgenthau versuchte, seine Tochter davor zu bewahren, sich die weiße Bluse mit der Marmelade zu bekleckern oder einen Fleck auf ihrer schwarzen Hose zu hinterlassen.

Für den ersten Tag wollte Lisa möglichst seriös zur Arbeit gehen.

In der weich fließenden Bluse fühlte sie sich einfach wohl. Die Hose war elastisch und bequem.

»Na, bist du aufgeregt?«

Lisa biss hastig in ihr Brötchen.

»Och ja, es geht so.«

Dabei zitterte sie ein wenig und ihr Vater lächelte verständnisvoll.

»Ich wünsche dir ganz viel Glück, meine Kleine. Aber ich muss jetzt in die Werkstatt.«

Mit einem Kuss auf die Stirn verabschiedete sich Kurt von seinem Sonnenschein. Als Installateur fing sein Arbeitstag recht früh an.

Im Keller des 115 qm großen Eigenheims hatte er sich einen kleinen Werkzeugraum eingerichtet.

Irgendwo mussten seine Arbeitsmaterialien wie Dichtungsschneidekoffer und mehrere Sorten an Stanzmaterial gelagert werden.

»Tschüss, Papa.«

Lisa warf ihm noch einen Handkuss zu.

»Tschüss, Paps«, schrie ihre Schwester Eloise, die sich zu Mutter und Lisa an den Tisch gesellte.

»Na, Schwesterherz, heute ist dein großer Tag. Na, das wird schon alles klappen.«

Freundschaftlich klopfte sie ihrer kleinen Schwester auf die Schultern.

»Klar«, nickte Lisa.

Eloise, neunundzwanzig, kurzer Haarschnitt, Single aus Überzeugung, sah in ihrer 5-Pocket-Jeans mit seitlichem Dehnbund und dem hellblauen Polo-Shirt mal wieder ziemlich lässig aus.

Sie war kein Kind von Traurigkeit und genoss ihr Leben in vollen Zügen. Ob im Hundeverein, im Tennisclub, im Segelclub, Eloise hatte einfach Spaß am Leben.

Auf dem nicht weit vom Elternhaus entfernten Lindenthalgürtel gehörte ihr seit einem Jahr ein gutgehender Obst- und Gemüseladen.

Frische Ware lieferte ihr regelmäßig ihr Bruder Frederik. Der Einunddreißigjährige zog vor zwei Jahren zu seiner damaligen spanischen Freundin.

Als Frederik seine Carmen in einem Spanienurlaub kennen- und lieben lernte, war es um ihn geschehen. Eine Fernbeziehung kam für beide nicht in Frage und er entschloss sich kurzerhand, Deutschland zu verlassen und mit seiner Herzensdame in Almeria zu leben.

Mittlerweile sind sie verheiratet und wurden vor einem halben Jahr stolze Eltern der kleinen Marina.

Aus Altersgründen konnte sein Schwiegervater die Obst- und Gemüseplantage nicht fortführen und Frederik übernahm den Betrieb. Früher hatte er oft bei seinem Onkel auf dem Bauernhof ausgeholfen, so dass er mit vielen Dingen aus der Landwirtschaft vertraut war.

Lisa vermisste ihren großen Bruder sehr oft. Aber im Zeitalter der modernen Technik war es nicht mehr so schwierig, regelmäßigen Kontakt zu halten. Manchmal wäre es doch schön, ihn einfach in den Arm zu nehmen.

Bald würde sie ihn und seine kleine Familie besuchen, denn die Taufe von Marina stand in den nächsten Wochen an.

Na ja, sofern sie überhaupt so kurzfristig Urlaub bekommen würde.

Aber das lässt sich bestimmt irgendwie regeln.

Ein kurzer Blick auf das große Ziffernblatt ihrer schwarzen Armbanduhr und Lisa geriet in Panik.

»Oh, nein, so spät ist es schon. Ich muss los, die Straßenbahn fährt sonst ohne mich.«

Hektisch schnappte sich Lisa ihre schwarze Strickjacke mit Ajourmuster.

Zwar schrieb der Kalender den Monat Juni, aber morgens war es ab und an noch recht kühl.

»Tschüss.«

»Tschüss, Lisa. Viel Glück.«

»Danke euch.«

Die Haustür knallte hinter ihr zu. Sorry!

Bis zur nächsten Haltestelle Wüllnerstraße brauchte sie etwa fünf Minuten. Also keine Zeit vergeuden!

Leicht außer Atem erreichte Lisa die Haltestelle der Linie 7.

Während der Fahrt gingen ihr so viele Dinge durch den Kopf.

Wie wird der neue Chef sein? Und die Kolleginnen und Kollegen? Hoffentlich sind sie alle nett und es gibt nicht wieder ständig Nörgeleien, Streitigkeiten oder Sticheleien. Das hatte Lisa so satt.

Es dauerte etwa zehn Minuten und Lisa war am Ziel.

Die Haltestelle lag direkt vor dem großen Fabrikgebäude im Industriegebiet von Köln-Marsdorf.

Die Fassade des dreistöckigen Gebäudes war offenbar gerade mit weißer Farbe neu angestrichen worden. Alles sah so frisch aus.

Das war nun ihre neue Wirkungsstätte.

Wie hatte ihr ehemaliger Chef zum Abschied doch erwähnt: Reisende soll man nicht aufhalten.

Hier bin ich nun. Meine Reise in die Zukunft beginnt.

Setzen wir alles auf Anfang.

Auf geht`s.

DER EMPFANG

Da stand sie nun im Eingangsbereich der Lederwarenfabrik Mayser GmbH & Co.

Voller Elan steuerte Lisa auf die Rezeption des Hauses zu. Oh, dunkel sah das aus! Alles in schwarz und grauem Marmor. Aber für den ersten Tag hatte sie auch ein so gedecktes Outfit gewählt. Passte doch schon mal.

Von der rechten Seite näherte sich eine ältere Dame mit überdimensional geschminkten roten Lippen und großen Farbtupfern auf ihrem sonst dezenten schwarzen Kleid.

Ach, herrje, wie hat diese Frau sich denn geschminkt? Lisa war entsetzt über die Schminktechnik der scheinbar hauseigenen Empfangsdame.

»Guten Morgen. Was kann ich für Sie tun?«, hörte Lisa diese durchaus pompös wirkende Frau sagen.

»Guten Morgen. Mein Name ist Lisa Morgenthau und ich habe heute meinen ersten Arbeitstag.«

»Ach, Frau Morgenthal, wie nett, dann melde ich Sie gleich bei den Kollegen an.«

»Morgenthau«, flüsterte Lisa.

Aber die Empfangsdame hörte gar nicht zu und sprach lautstark mit einer der neuen Kolleginnen.

Oh Gott! Diese riesige Brille war vollbesetzt mit Strasssteinen.

An der leicht fülligen Empfangsdame war alles mindestens eine Spur zu viel, egal ob Lidschatten, Lippenstift, Brille oder Kleidung.

Lisa konnte den Blick gar nicht von ihr lassen. Wow, einen Paradiesvogel dieser Art sieht man schließlich nicht jeden Tag.

Aber nett war Frau Schäfer, so stand jedenfalls der Name auf dem Schild an ihrem Flatterkleid.

Hätten die hier im Haus einen eigenen Zoo, diese Empfangsdame wäre glatt eine Attraktion, dachte Lisa schmunzelnd.

Unsanft riss Frau Schäfer die neue Mitarbeiterin aus ihren Gedanken.

»Sie fahren bitte zum zweiten Stock. Der Aufzug ist gleich hier rechts.«

»Vielen Dank, Frau Pa......ah, ich meine, Frau Schäfer.«

Oh je, beinahe wäre Lisa ins Fettnäpfchen getreten. Man sollte zuerst denken und dann sprechen.

Hastig drehte sich Lisa um und verschwand in Richtung Aufzug.

Sichtlich nervös zupfte sie an ihrer weißen Bluse. Hoffentlich sind alle nett, kreiste es wieder in ihrem Kopf herum. Ihr wurde vor lauter Aufregung übel.

Die Aufzugtür öffnete sich und eine Frau mittleren Alters streckte ihr die rechte Hand entgegen.

Ihr Kleidungsstil war eher festlich. Ein glänzendes Kleid mit Rückenreißverschluss und Gehschlitz in marine-ecru-bedruckt. Na ja, eventuell ging sie nach Feierabend direkt zu einer Sommerparty. Wer weiß?

»Hallo, Sie sind also Frau Morgenthau.«

Na, meinen Namen hatte sie wenigstens richtig ausgesprochen, dachte Lisa und erwiderte den forschen Handschlag der neuen Kollegin.

»Hallo.«

Ohne ihren eigenen Namen zu nennen, führte sie Lisa direkt in das Zimmer gegenüber. Geschätzte zwölf Quadratmeter groß, zwei alte Schreibtische in einem Braunton, links daneben jeweils ein Regal für diverse Ordner. Ebenfalls in braun. Es sah nun wirklich alles recht eng und bescheiden aus.

Die Frau ohne Namen stellte Lisa kurz vor.

»So, das ist sie nun, unsere neue Kollegin.«

Die anwesenden Damen im Raum musterten Lisa von unten nach oben und zurück.

»Und das sind ihre neuen Kolleginnen. Da hätten wir Frau Hopfner, Frau Klemm und ich bin Frau Klein.«

Während Hedwig Klein die Arme abweisend übereinander legte, streckten die beiden anderen Kolleginnen die Hände bereitwillig aus.

Linksaußen lächelte die blonde Frau Hopfner in ihrem schwarz/weißen Nadelstreifenanzug zwar ein wenig, aber das war eher ein aufgesetztes statt einem echten Lächeln.

Auch die rechts neben dem Schreibtisch stehende brünette Frau Klemm im lässigen T-Shirt in Melange-Optik hatte ein ziemlich unechtes, eher eingefrorenes, Lächeln. Sie wirkte ein wenig angespannt.

Den ersten Eindruck, den Lisa von den neuen Kolleginnen bekam war etwas unterkühlt.

Aber vielleicht waren die Damen auf den zweiten Blick ja ganz sympathisch.

Mehr oder weniger schubste Hedwig Klein die verdutzte Lisa an ihren neuen Arbeitsplatz. Einladend sah dieser nicht gerade aus. An den Ecken des Tisches traten schon die Späne leicht hervor.

Sollte ich mal ein Kleid oder einen Rock tragen, so muss ich aufpassen, dass die Strumpfhose keine Laufmaschen zieht, dachte Lisa.

Na ja, meistens trug sie sowieso Hosen. Wird schon gehen.

Nicht nur über die kühle Atmosphäre im Raum war die Fünfundzwanzigjährige entsetzt. Ob die das alles vom Sperrmüll haben? Ein moderner Arbeitsplatz würde irgendwie anders aussehen.

Der dunkelblaue Schreibtischstuhl, auf den sie sich setzte, war auch nicht gerade das neueste Modell. Dieser Stuhl hatte sicher, wie die übrigen Möbelstücke, schon bessere Zeiten erlebt.

Aber Lisa war bescheiden. Passte schon.

»Sie sind hier in der Abteilung Einkauf«, hörte sie die „reizende" Stimme von Frau Klein. Ein gewisser herrischer Unterton schwang mit.

»Sie werden sich bestimmt gut zurechtfinden. Ich bin dann mal zur Tür raus. Habe schließlich noch andere Verpflichtungen. Tschüss.«

Frau Hopfner schloss sich der eilenden Kollegin an, aber sie hatte sowieso schweigend dem Monolog von Frau Klein zugehört.

Somit war Lisa mit Frau Klemm alleine.

»Ich bin Isolde Klemm und wir teilen uns zukünftig dieses Zimmer.«

»Schön, ich bin Lisa. Lisa Morgenthau.«

»Weiß ich doch«, grinste Isolde Klemm, »ich bin dafür, wenn wir uns duzen. Geht doch klar, oder?«

Lisa nickte.

»Klar.«

Was sollte sie dagegen haben? Sie sitzen zusammen in einem Zimmer, arbeiten zusammen, scheinen im gleichen Alter zu sein.

»Gut, dann erkläre ich dir mal den Ablauf hier.«

»Gerne.«

»Alle anfallenden Arbeiten laufen über unsere Abteilung. Kunden wie Lieferanten haben hier die erste Anlaufstelle.«

Isolde Klemms beginnender Vortrag wurde durch das spontane Öffnen der Tür unterbrochen.

Stürmisch betrat ein großer, schlanker Mann den Raum.

»Hallöchen!«

Huch, wer ist das denn?, dachte Lisa und ehe sie sich versah, lag ein Berg voller Briefe auf ihrem Schreibtisch.

»Hier kommt die Poooossstttttt!«, brüllte der etwas feminin wirkende Blondschopf durch den Raum.

»Ach, du bist sicher die Neue?«, fragte der junge Mann, strich sich kurz durch sein fülliges Haar und verschwand so schnell wie er gekommen war.

»Tschüssi, meine Süßen.«

Isolde Klemm grinste nur.

»Das war nur Winnie, er macht die Botengänge hier im Haus.«

Ah ja, und per du bin ich innerhalb kürzester Zeit jetzt mit zwei Leuten, dachte Lisa.

Aber es war ihr egal. Vielleicht wird das Arbeitsklima dadurch etwas aufgelockert.

Isolde schien ganz nett zu sein. Mittlerweile hatte sie beiläufig erwähnt, dass sie Single ist und achtundzwanzig. Also war die Einschätzung, dass sie fast gleichaltrig sind, richtig.

Auffällig war bis jetzt nur Isoldes Hinterteil.

Warum streckt Isolde den Hintern beim Laufen nur so weit heraus?, fragte sich Lisa und musste etwas schmunzeln. Sah irgendwie komisch aus. Na ja, nobody is perfect.

»Weißt du, die Luise Hopfner, das ist die Blonde mit dem Hosenanzug, sie stand eben da vorne.«

Isolde zeigte auf die Stelle, wo die Kollegin bei der Vorstellung ihre Position innehatte. »Sie ist recht angeberisch, findest du nicht auch?«

»Hm, keine Ahnung.«

Was sollte sie dazu meinen? Sie kannte die Frau doch erst ein paar Minuten. Vorschnelle Urteile wollte Lisa nicht fällen. Dafür war wohl eher Isolde Klemm zuständig.

»Ach, da fällt mir ein. Wir haben noch eine Kollegin in der Abteilung. Aber die wirst du kaum zu Gesicht kriegen. Sie ist eine Einzelgängigerin. Verstehste?«

Das kam abwertend und ziemlich biestig aus Isoldes Mund.

»Wenn du schnelle Schritte auf dem Flur hörst, dann ist das unsere Queen. So nennen wir sie immer«, lachte Lästerschwester Isolde süffisant.

»Und so altmodische Sachen trägt die immer. Musste mal drauf achten. Langer Rock, Blusen mit Schulterpolstern vom letzten Schlussverkauf aus den achtziger Jahren.«

Munter ging Frau Klemms Monolog weiter, obwohl Lisa insgeheim hoffte, dass der Redeschwall ihrer geschwätzigen Kollegin endlich aufhören möge.

Lisa verstand nur eines.

Isolde machte man sich am besten nicht zur Feindin, sonst hatte man verloren. Die gute Frau Klemm ließ offenbar nichts aus, um andere ins schlechte Licht zu rücken.

Na, Mahlzeit!

Ihren Gedankengang konnte Lisa nicht ganz zu Ende führen, da klingelte das Telefon. Ein recht schriller Ton drang an ihr Ohr. Das Telefon war bestimmt auch noch aus vergangener Zeit übriggeblieben.

»Na, das ist dein Telefon. Willste nicht mal rangehen? Könnte wichtig sein«, forderte Isolde ihre neue Kollegin auf.

Die- oder derjenige am anderen Ende des Rohrs war aber hartnäckig.

Es klingelte und klingelte.

Schüchtern nahm Lisa den Hörer in die Hand und ließ den selbigen fast wieder fallen.

»Fuchsbauer. Ich bin ihr neuer Chef. Kommen Sie mal zu mir rüber.«

Platsch! Schon war sein Hörer wieder aufgelegt und die verdutzte Lisa wusste im ersten Moment nicht, wie ihr geschah.

»Fuchsbauer?«, fragte Isolde mit einem breiten Grinsen.

Lisa nickte nur.

»Dann aber mal hurtig. Unser Chef ist ein Pedant und warten ist nicht gerade seine Stärke.«

Oh nein, bitte nicht schon wieder so jemand, war Lisas erster Gedanke.

Aber sie hatte gar keine Zeit zum Nachdenken.

»Komm schon, erheb mal deinen Hintern. Fuchsbauer ist sonst sauer. Er sitzt übrigens direkt halbschräg gegenüber im Zimmer.«

Oh, doch so weit entfernt, dachte Lisa. Vielleicht hätte er einfach mal kurz »Hallo« sagen können. Aber er ist ja der Chef, zumindest in dieser Abteilung.

Zaghaft klopfte Lisa an seiner Tür.

»Herein!«

Sein Tonfall klang nicht gerade freundlich. Aber abwarten, hieß ihre Devise. Immer den Menschen zuerst eine Chance geben.

Der leicht übergewichtige Achtundvierzigjährige stand auf und reichte Lisa die Hand.

Oh, man! Der hatte aber einen festen Handschlag. Der konnte einem sämtliche Knöchelchen einzeln brechen.

Langsam ließ der Schmerz nach und Lisa lächelte freundlich.

»Guten Tag.«

»Setzen Sie sich!«, forderte Herr Fuchsbauer seine neue Mitarbeiterin auf.

»Sie bereichern also ab heute unser Haus. Schön, schön.«

Es wird sich noch herausstellen, ob das schön ist, schoss es Lisa durch den Kopf.

»Wie gefällt es Ihnen hier?«

Dabei bemusterte er Lisa von unten nach oben von oben nach unten.

Ach, das scheint hier wohl ein beliebter Blick zu sein, stellte Lisa innerlich fest. Die Kolleginnen eben hatten auch so ein Scansystem.

»Gut, danke.«

Mehr brachte sie jetzt nicht heraus. Aber was sollte Lisa denn sagen? Ich duze mich schon mit zwei fremden Leuten, sitze mit einer scheinbar ständig lästernden Kollegin zusammen, kenne kaum jemanden.

Und wieder dieser Musterblick von ihrem neuen Chef.

Hatte sie einen Fleck auf der Bluse? Oh, nein, vielleicht doch die Himbeermarmelade vom Frühstück?

Nein, sie hatte alles kontrolliert. Da konnte gar nichts sein!

Sollte sie ihm sagen, dass ihr erster Eindruck eher durchwachsen ist?

Fünfzig Prozent: Okay. Weitere 50 Prozent: Keine Ahnung, muss erst mal abwarten.

Kurz ließ sie ihren Blick durchs Zimmer schweifen. Die Einrichtung wirkte wie ihr neuer Chef selbst: Kalt!

Die Kälte, die Herr Fuchsbauer ausstrahlte, erinnerte Lisa an eine Tiefkühltruhe. Und es wurde immer kühler und kühler!

Der Schreibtisch sah äußerst aufgeräumt aus. Die blauen Kugelschreiber, das schwarze Notizbuch, der ebenfalls schwarze Terminkalender lagen akkurat an ihrem Platz. So, als ob er mit dem Lineal eine Linie gezogen hätte!

Also hatte Isolde Klemm recht: Ein Pedant, jemand, der in übertriebener Weise genau ist.

Nur die weiße Kaffeetasse stand ein wenig schief. Einen Millimeter nach rechts und sie hätte die perfekte Position gehabt. Dass ihm das nicht schon längst aufgefallen ist!

Sein Outfit konnte mit seinem Schreibtisch konkurrieren. Graue Hose, grau/silbernes Hemd, passend zur grauen Tischplatte mit den Eisenfüßen.

Herbert Fuchsbauer lies einfach nicht locker.

»Ihre neuen Kolleginnen im Einkauf sind doch nett, oder?«

Lisa nickte.

Was sollte sie auch anderes tun? Sie hatte nicht mal eine Stunde mit den Kolleginnen zusammen verbracht.

Vielleicht war das gerade nur eine rein rhetorische Frage.

Plötzlich schien der neue Chef es eilig zu haben.

»Ich werde jetzt Herrn Prinz bitten, Sie abzuholen und im Haus herumzuführen. Er kann

Ihnen alles erklären. In seiner Funktion als Betriebsratsmitglied macht Herr Prinz das sicher gerne.«

»Das ist eine schöne Idee«, hörte sich Lisa sagen.

Nach einem kurzen Anruf dauerte es nicht lange und Oswald Prinz stand in der Tür.

Er ist ein eher biederer Typ. Fünfundfünfzig, ledig, leicht lichtes Haar, graue Hose, weißes Hemd, graue Krawatte.

»Hallo.«

Lisa und der neue Kollege begrüßten sich höflich.

»Ich bin der Produktionsleiter, wissen Sie!«, sagte Herr Prinz mit angeschwellter Brust.

Aha! Und was nun?, dachte Lisa.

Offenbar schien der Kollege etwas sein Selbstbewusstsein aufpeppen zu müssen, sonst hätte er nicht so auf seinen „Titel" Produktionsleiter gepocht.

»Zuerst stelle ich Ihnen meine Wirkungsstätte vor. Es ist das Herzstück der ganzen Firma. Ohne Produktion keine Produkte«, lachte er und klopfte sich zufriedenstellend auf die rechte Schulter.

Oh nein, wie witzig er sich doch vorkam.

Aber Lisa wusste, was sich gehörte, und lächelte höflich zurück.

Der Weg zur Produktion war nicht weit und sie erreichten ihr Ziel innerhalb von drei Minuten.

»Hier arbeiten Frau Böhm, Herr Förster, Herr Stadler und Herr Geiger. Alle übrigen Arbeiter, die sie hier so sehen, sind völlig unwichtig.«

Aber ohne diese Mitarbeiter würde wahrscheinlich hier auch nichts laufen, dachte Lisa, aber sie war zu schüchtern, um Herrn Prinz entgegenzutreten. Außerdem wollte sie sich nicht einmischen. Sie war noch neu in der Firma.

Bevor Herr Prinz weiterreden konnte, unterbrach Herr Förster seinen Chef. Scheinbar hatten die beiden etwas zu klären.

Währenddessen beobachtete Lisa die anderen Mitarbeiter.

Eine etwas in sich gekehrte Dame machte einen sympathischen ersten Eindruck. Sie hatte nur leichte Probleme mit ihren Haaren, die wie Sauerkraut herunterhingen. Ständig warf die achtundvierzigjährige Wibke Böhm ihre braune Mähne in den Nacken.

Vielleicht hätte ihr einfach ein Gummiband zur Bändigung ihrer Haarpracht geholfen.

Neben ihr saß ein Mann mit graumeliertem Haar.

Wilhelm Geiger, zweiundfünfzig, verheiratet, zwei Kinder, kämmte die übriggebliebenen Strähnen seiner Haare fein säuberlich über seinen Kopf.

Oh nee, ist der aber klein!, dachte Lisa, als er kurz aufstand. Aber da kann der arme Mann ja nichts dafür, geschätzte 1.56 Meter sind allerdings für einen solchen Herrn schon winzig.

Hinten links in der Ecke hatte es sich Erwin Stadler gemütlich gemacht. Der Dreiundfünfzigjährige sah sehr niedergeschlagen aus. Zumindest machte sein blondes, welliges Haar mehr Aufsehen als er selbst.

Recht unscheinbar hockte der Kollege an seinem Tisch.

Lisa fiel seine gebeugte Haltung auf und die vielen Papiertaschentücher und Lutschbonbons, die vor ihm lagen.

Alle Kolleginnen und Kollegen in der Produktionsabteilung trugen einheitliche Kleidung: Blaue Hosen und blaue Kittel.

Irgendwie hatte das Ganze einen gewissen Schulheimcharakter.

»So, jetzt bin ich wieder für Sie da!«, ertönte die wenig sanfte Stimme von Herrn Prinz.

»Ich habe Sie doch nicht etwa geweckt? Sie hatten einen so verträumten Blick«, bemerkte er eher zynisch.

Sein hämisches Lachen fand er gerade wohl nur alleine unwiderstehlich.

»Dann erzähle ich Ihnen jetzt etwas über die Arbeitsabläufe hier. Wir sind ja eine Lederwarenfabrik«, setzte er seinen Redefluss weiter fort.

Ja, ich habe doch glatt vergessen, wo ich heute angefangen habe, dachte Lisa und schüttelte innerlich mit dem Kopf.

»Wir sind ein sehr traditionsbewusstes und dennoch effektives Familienunternehmen. Den Senior- und auch Juniorchef werden Sie sicher später einmal kennenlernen. Nun ja, viel ändert sich hier nie, aber das ist auch gut so. Wissen Sie, ich gehe sowieso bald in Rente.«

Was wollte der Mann mir denn damit sagen? Aber Lisa beschloss, ihm nur ab und an wirklich zuzuhören.

Er hörte sich gerne reden, dass das meistens weder Hand noch Fuß hatte, störte Herrn Prinz kaum.

Und weiter ging es durch die Produktionsstätten.

»Hier sehen Sie unsere allerneueste Kollektion, wie beispielsweise Geldbörsen, Schulranzen, Koffer, diverse Taschen, Kofferanhänger, Shopper und natürlich Gürtel. Wir produzieren exzellente Stücke und das zu erschwinglichen Preisen.«

Lisa hatte dem rein gar nichts hinzuzufügen.

»Nun kommen wir gleich in die Fertigung«, redete Oswald Prinz weiter.

»Hier sehen Sie Blanklederhülsen für die Gürtel, feste Taschen und Ranzen. Die gewalkten Hülsen sind narbig und das Leder griffig. Für Akten- und Fototaschen, wissen Sie? Fassen Sie das mal an«, forderte er Lisa auf.

»Schöne und gute Qualität. Schauen Sie mal, Beutelleder, ein sehr geschmeidiges Leder, griffig für Beutel und Rucksäcke. Haben Sie noch Fragen?«

Sofort ergriff Lisa die Chance, auch etwas zu sagen. »Sind das pflanzliche Produkte?«

Tatsächlich fand sie Gefallen an den zarten Materialien und gespannt lauschte sie den Worten von Oswald Prinz.

»Ja, feinste Qualität, nicht wahr?« Er geriet richtig ins Schwärmen.

»Eine kleine Gerberei gehört zum Familienbetrieb. Der Vetter unseres Seniorchefs hat ein Unternehmen im Bayerischen Wald. Pflanzliche Gerbstoffe wie Eiche und Kastanie werden hier immer gebraucht. Natürliche Fette werden verarbeitet, es enthält also keine Schwermetalle.«

Als naturverbundener Mensch war Lisa sichtlich erleichtert und sie interessierte sich mehr und mehr für alles.

»Riechen Sie mal, man merkt doch, dass hier alles Natur ist. Wenn man diese Produkte gut pflegt, dann sind diese wirklich unverwüstlich.«

Herr Prinz war stolz auf diese Produkte, auch, wenn sie ihm nicht persönlich gehörten.

In diesen Momenten ging er in seinem Job auf.

»Wir verkaufen unsere sehr gute Ware nicht nur auf Bestellung, sondern wir gehen auch hinaus in die Welt. So gehen wir auf Weihnachtsmärkte oder fahren im Mai eines jeden Jahres nach Bonn zum Münsterplatz. Dann werden da immer viele Kunsthandwerke ausgestellt.«

Begeistert erzählte er weiter.

»Im Juni findet der Johannismarkt der Künstler am Rheinufer in Mainz statt. Da sind wir auch vertreten. Im Juli fahren wir dann zum Trierer Handwerkermarkt. Der findet vor der Porta Nigra statt.«

Lisa war durchaus beeindruckt.

»Da sind Sie oft unterwegs. Es hört sich alles super an.«

Diese schönen Teile gefielen ihr wirklich sehr gut, aber mit ihrem kleinen Gehalt würde sie sich das vorerst nicht leisten können. Vielleicht gab es Mitarbeiterprozente. Bei Gelegenheit konnte sie mal nachfragen, aber nicht gleich am ersten Tag.

Nachdem Oswald Prinz seine Wörter losgeworden war, schien er nun blitzartig etwas anderes vorzuhaben.

»Nun, Sie haben jetzt genug gesehen und konnten Eindrücke aus der Produktion einfangen. Unsere vielen Vertreter und andere Kollegen werden Sie bei Gelegenheit sicher noch näher kennenlernen. Sie finden alleine den Weg zurück?«

Nur keine Widerworte geben, mein Fräulein, dachte er. Ein Viertelstündchen musste für die neue Kollegin ausgereicht haben.

»Ja, natürlich«, antwortete Lisa.

Aufmerksam hatte sie den Hinweg studiert.

Zweimal links, zweimal rechts, die Treppe wieder hoch. Kein Problem. Sie würde den Weg zu ihrem neuen Büro bestimmt finden.

Auf dem Flur begegneten Lisa einige Leute, die ihr noch nicht vorgestellt wurden.

Manche grüßten freundlich zurück.

Andere wiederum ignorierten ihren Gruß komplett.

Die nächsten Kollegen waren sich offenbar unsicher, ob sie grüßen sollten oder nicht.

Hm, komische Menschen, dachte Lisa im Stillen.

Aber wie sagte man hier in Köln immer so nett:

„Jede Jeck is anders!"

LÄSTERSCHWESTER ISOLDE

Na ja, so ist jeder eben anders!

Kurz vor der Zimmertür erwartete Isolde sie sehnsüchtig mit einer Tasse Kaffee in der Hand.

»Na, das ging aber schnell. Auch ein Käffchen?«

Dem herrlichen Kaffeeduft konnte Lisa nicht widerstehen.

»Ja, gerne.«

Isolde lotste Lisa in die auch etwas spärlich eingerichtete Küche. Ein schmaler Gang, links zwei weiße Unterschränke, eine Spüle, ein Wasserkocher. Es sah aus, wie manches Zimmer im Urlaubskatalog beschrieben wurde: Zweckmäßig.

Es wird schon reichen, sich hier mal eben einen Kaffee zu kochen. Kein Problem.

»Milch?«, fragte Isolde Klemm und ohne Lisas Antwort abzuwarten, füllte sich ihre Kaffeetasse mit ein wenig zwölfprozentiger Kondensmilch.

»Hatte es der Prinz mal wieder eilig? Der findet sowieso nur seine eigene Abteilung toll. Was die anderen so machen, ist dem doch völlig egal«, fauchte Isolde.

Nun, ganz Unrecht hatte die Kollegin da nicht, musste Lisa zugeben. Aber sie wollte sich dazu nicht äußern. Halt mal lieber den Mund, war ihre Devise.

Vielleicht waren das aber auch nur die Erfahrungen der letzten Jahre, die sie quasi mundtot gemacht hatten, denn Widerworte oder gar eine eigene Meinung vortragen, nein, das war im alten Büro nicht angesagt.

Auf dem Weg ins neue gemeinsame Büro hörte Isolde gar nicht mehr auf, über Herrn Prinz zu meckern.

»Dieser faule Sack. Aber immer gut dastehen wollen.«

Es war offensichtlich, dass Lästereien zu Isoldes Stärken gehörten.

Hoffentlich nimmt das bald mal ein Ende, dachte Lisa, denn es ging ihr gehörig auf die Nerven.

»Gleich stelle ich dir noch ein paar andere Kollegen vor. Ist zwar nicht meine Aufgabe. Aber was solls.«

Isoldes Mundwinkel verzogen sich angesäuert zu einem spitzen Mündchen.

So hatte Lisa als Kind immer ausgesehen, wenn sie nicht bekam, was sie wollte. Hat jedenfalls ihre Mutter immer erzählt.

Trotzreaktion nannte man das!

Mit ihren klappernden Kaffeetassen setzten sich die beiden Kolleginnen an ihre Schreibtische.

»So ein Käffchen tut gut, nee. Kaffee ist gesund. Nur in einer einzigen Bohne befinden sich genügend Mineralstoffe. Also immer hoch das Tässchen!«

Isolde strahlte über das ganze ungeschminkte Gesicht und Lisa dachte einfach nur, hoffentlich kann die auch so gut arbeiten wie sie redet.

Man durfte gespannt sein!

Aber zunächst packte Frau Klemm ihre Pausenbrote aus.

Bevorzugte Variante: Eine köstliche, dicke Scheibe Fleischwurst zwischen einem Weizenbrötchen.

Vor anderthalb Stunden hatte Isolde zwar erst ihren Dienst angetreten, aber hungrig war Frau Klemm immer.

Dazu dick mit Butter bestrichen. Vielleicht kam da der breite Hin……her. Na, Lisa, du wirst jetzt nicht zur Lästerschwester, bremste sie ihren Gedankengang.

»Hast du einen Freund? Oder bist du verliebt, verlobt, verheiratet? Erzähl doch mal was von dir«, plapperte Frau Klemm munter weiter.

Dringend musste Isoldes Wissensdurst gestillt werden und dabei fiel ihr glatt ein Stückchen Fleischwurst aus dem Mund. Ab zwei Gramm wird es halt schwierig!

Was geht das meine Kollegin an, was ich privat mache?, fragte sich Lisa und druckste nur herum.

»Ich hatte mal einen Freund, aber das ist eine Weile her.«

Nun war ihr doch etwas rausgerutscht, obwohl Lisa über ihr Liebesleben gar nicht mit jemandem reden wollte, den oder die sie gerade erst kennengelernt hatte.

Trotz gut gefülltem Mund gab Isolde Klemm keine Ruhe und bohrte weiter.

»Ach, hat er dich etwa betrogen?«

Leider entsprach das den Tatsachen und so nickte Lisa einfach nur.

»Lass mich mal raten. Mit deiner besten Freundin?«

Takt- oder Feingefühl kannte Isolde nicht. Aber sie war ihrer Meinung nach ja nur direkt und offen und hatte immer recht.

Bevor Lisa antworten konnte, ergriff Isolde erneut das Wort.

»Mach dir keinen Kopp. So läuft das doch immer ab. Andere Mütter haben auch noch schöne Söhne.«

Diesen abgedroschenen, uralten Spruch hatte sie mehrfach nach der Trennung von Sebastian gehört. Aber weh tat es immer noch.

Isoldes Butterbrotpapier knisterte beim Zusammenfalten, bevor es unsanft im Mülleimer unter dem Schreibtisch landete.

»Hast du denn kein Pausenbrot? Kannste aber unten in der Kantine holen. Aber dann musst du dich beeilen, um zehn Uhr machen die dicht. Dann ist die Kantine erst wieder um zwölf auf.«

Vom Seitensprung zum Butterbrot.

Okay, Hauptsache, sie stellte keine blöden Fragen mehr, dachte Lisa erleichtert.

»Nein, danke.« Ihr war der Appetit gehörig vergangen.

Manchmal hatte sie immer noch die Bilder im Kopf, wie ihr Ex mit seiner Geliebten knutschte und Lisa zu früh nach Hause kam. Der Klassiker!

Ohne Rücksicht wollte Isolde Klemm ihre Neugierde jedoch weiter befriedigen.

»Wohnst du noch zu Hause oder hast du eine eigene Wohnung?«

»Zu Hause. Da…..«

Lisa konnte ihren Satz nicht zu Ende bringen und Isolde quatschte dazwischen.

»Ach so, du hängst noch am Rockzipfel von Mama und stellst deine Füße unter Papas Tisch. Das solltest du schleunigst ändern, sonst wirst du nie selbständig sein. Vielleicht kommt ja dann auch der Mann fürs Leben?«

Was sollte das denn schon wieder?

Die neugierige Kollegin war selbst Single und ob sie noch zu Hause wohnte oder nicht, war ganz allein Lisas Entscheidung.

Ihre Ex-Chefs mussten auch immer ihren Senf dazugeben und Lisa bevormunden. Aber es war ihr Leben und zu Hause konnte sie bedingungslos allen vertrauen.

In diesem Moment öffnete sich Gott sei Dank die Tür und Hedwig Klein wedelte mit einigen Fetzen Papier vor Isoldes Nase herum.

Endlich gab es mal etwas Arbeit statt der blöden Quasselei, dachte Lisa und sortierte die Briefe, die immer noch unerledigt auf dem Tisch lagen.

»Am besten fangen sie klein an und schreiben nur Rechnungen«, fand Hedwig Klein, »später sehen wir dann weiter.«

Sobald Frau Klein den Raum verlassen hatte, äffte Isolde sie nach.

»Am besten fangen sie klein an! Na ja, die Klein meint, sie wäre die Größte hier. Die spielt sich oft auf wie die Chefin höchstpersönlich. Ist sie aber nicht! Der Fuchsbauer ist unser Vorgesetzter. Doch glaub mir, die hat garantiert was mit dem Fuchsbauer. Da wette ich mit dir! Die stecken immer die Köpfe zusammen, berühren sich dann. Natürlich so rein zufällig! Verstehste! Und dann lacht die dumme Gans immer so blöd.«

Boah, nee, ob die Kollegin heute Morgen Quasselwasser getrunken hatte?

Lisa wusste nicht, wie sie sich verhalten sollte.

Oh Gott, dieses Lästermaul!

»Komm, wir gehen runter in die Kantine. Wir müssen unser Essen bestellen!«

Wortlos dackelte Lisa ihr hinterher.

Hatte sie eigentlich gesagt, dass sie in der Kantine zu Mittag essen wollte?

Nein!

Aber des lieben Friedens Willen…

IN DER KANTINE

Ein langer, schmaler Flur führte zu einer knarrenden Schwingtür und diese wiederum war der Eingang zur Kantine.

Ein kurzer Blick rundherum genügte und auch hier konnte Lisa nur den Eindruck gewinnen, dass alles spartanisch eingerichtet war.

Ob die Chefs aus der oberen Etage so wenig Budget hatten?

Der Seniorchef machte allerdings beim Einstellungsgespräch nicht den Eindruck eines armen Schluckers. Im Gegenteil. Sein dreiteiliger Anzug war aus feinstem Seidenstoff. Die Armbanduhr schien teuer gewesen zu sein.

Na ja, sie wollte auch hier nicht vorschnell urteilen. Wird schon alles seinen Grund haben.

Auf der linken Seite befand sich ein großer Automat mit den Fertiggerichten für den Mittagstisch.

Das perfekte Mittagsglück per Klick. Super!

Die Auswahl war eher spärlich.

Schweinebraten mit Klößen und Apfelmus, Schweinekotelett mit Bratkartoffeln und Bohnen, Hühnerfrikassee mit Reis, Heidelbeerpfannkuchen, Erbsensuppe, Gulaschsuppe, Nudeln mit Tomatensoße, Tortellini in Schinken-Käse-Sauce.

Kleinere Tische mit vier Stühlen, etwas größere Tische mit sechs Stühlen, alles in Buche und Stahl.

Keine Blumen, keine Tischdecken, nichts Gemütliches, aber immerhin standen Salz und Pfeffer auf den Tischen.

»Ach, heute gibt es wieder diese ekelhafte Erbsensuppe. Glaubste, die haben die echt jeden Tag auf dem Speiseplan stehen.«

Da konnte Isolde nur ihr ach so weises Haupt schütteln.

Leicht überfordert stand Lisa vor diesem Gerät.

»Gibt es nur diese Gerichte oder eventuell auch ein frisches Tagesgericht?«

»Du bist hier nicht bei Mutti«, lachte Frau Klemm hämisch.

»Et jitt och Flönz!«, ertönte eine etwas schrille Stimme aus der Ecke.

Da Lisa in Köln aufgewachsen war, verstand sie diese kölschen Töne.

Flönz, also Blutwurst, mochte sie als Kind schon nicht. Diese Mahlzeit war ganz sicher nichts für Lisa.

Eine etwas kleinwüchsige Frau im weißen Kittel stand nebenan in einem Raum und sortierte die Tiefkühlvorräte.

»Et is ejal!«

Na ja, Lisa war das auch egal.

Wie üblich, musste Isolde ihren Senf dazugeben.

»Unsere neue Kollegin mag die leckere Kost, die wir haben, nicht, Rita!«

Rita Schmitz arbeitete schon lange als Küchenhilfe im Betrieb der Maysers.

Für einen kurzen Moment schaltete Lisa ihr Gehirn aus und drückte einfach wahllos auf eine Taste, damit endlich Ruhe war.

Ein fataler Fehler, wie sich herausstellen sollte.

Der Apparat druckte einen riesenlangen Zettel mit Schweinekotelett, Bratkartoffeln und Bohnen aus.

Ab und an aß Lisa zwar Fleisch, aber eher Hühnerfleisch.

Ändern konnte sie jetzt nichts mehr.

»Gedrückt ist gedrückt!«, so Frau Klemm.

»Bes höck meddag!«

»Ja, dann bis heute Mittag.«

Bis dahin vergingen noch zwei Stunden, aber irgendwann musste Isolde Klemm mal für ihr Geld arbeiten.

Es wurden Rechnungen getippt und kurze Telefonate geführt.

Doch Punkt 12 Uhr ließ Isolde Klemm den Griffel fallen!

»Mahlzeit! Essen fassen!«

Mit Lisa im Gepäck eilte sie schnellen Schrittes in die Kantine.

Ach herrje, da standen mindestens zehn Kollegen vor ihnen in der Reihe, unter anderem Wibke Böhm, Wilhelm Geiger und Erwin Stadler.

»Mahlzeit zusammen!«

Lieblos klatschte die Küchenfee Rita der armen Lisa die aufgewärmte Kost auf den Teller, der sich auf einem abgenutzten beigefarbenen Tablett befand.

Oh nein, es sah alles eher zum Abgewöhnen als zum Genuss aus!

Das Essen schmeckte mehr als fade und Lisa hatte Schwierigkeiten, diesen Fraß runterzukriegen.

Zum Nachtisch gab es einen „leckeren" Joghurt mit „frischen" Erdbeeren. Hm, Chemie pur!

Frau Schäfer vom Empfang gesellte sich ungefragt zu Lisa und Kollegin Klemm an den Tisch.

Ob der zu dick aufgetragene Lippenstift jetzt wohl abgehen würde?, überlegte Lisa kurz.

Vielleicht hatte Frau Schäfer den Erdbeergeschmack, den Lisa bei ihrem Dessert vermisste.

»Sind Sie verheiratet?«, fragte die Empfangsdame unverblümt.

Lisa konnte es nicht fassen.

Oh nee, sind die hier alle neugierig.

»Nein, wieso? Sehe ich so abgebaggert aus?«

Lautes Gelächter ringsherum. Natürlich hatten die lieben Kollegen mitgehört.

Sie war einfach nur schockiert.

»Schlagfertig, die junge Dame. Das gefällt mir«, hörte sie Frau Schäfer sagen, die kichernd in ihrem Schweinebraten herumstocherte.

Auch hier waren Takt- und Feingefühl Mangelware, fand Lisa. Täuschte sie sich, oder wählt man ein Gesprächsthema, gerade, wenn man sich nicht mal einen Tag kennt, nicht besser etwas sorgfältiger aus?

Nun ja, Benehmen ist halt manchmal Glückssache.

Am Nebentisch saß einsam und verlassen Oswald Prinz.

Es hätten an diesem Tisch noch weitere fünf Personen Platz gehabt, aber scheinbar wollte keiner mit ihm zusammen zu Mittag essen.

Fein säuberlich legte er die Papierserviette in seinen Hemdskragen.

Das erinnerte Lisa an ihren Opa, der das auch immer gemacht hatte.

Genüsslich schlürfte der Produktionsleiter seine Erbsensuppe.

Anscheinend schmeckte ihm diese aufgewärmte Köstlichkeit und er vergaß sämtliche Etikette.

Uups, ein kleiner Rülpser!

Na, das hatte ihm wohl geschmeckt.

Mahlzeit!

Tischmanieren sahen aber wirklich anders aus.

Innerlich musste Lisa grinsen. Hauptsache er ist satt geworden und danach sah es aus.

Plötzlich ertönte lautes Gebrüll im Hintergrund. Wozu dieser Aufstand?

Rita Schmitz regte sich fürchterlich auf.

»Dä Appel muss de jetzt nemme!«, schrie sie in ihrer kölschen Art.

Paul Förster hatte sich erlaubt, einen Apfel, der ebenfalls als Dessert angeboten wurde, in die Hand zu nehmen, um ihn nach näherem Betrachten dann wieder in den Korb zurückzulegen.

Auch die Kollegen, die hinter ihm in der Schlange warteten, waren der Meinung, wenn er den Apfel in die Hand genommen hatte, musste er ihn zwangsweise nehmen.

So ging das nun wirklich nicht!

Ach herrje, das glich doch alles eher einem Kindergarten statt dem Zusammenleben erwachsener Menschen.

Schimpfend und wild gestikulierend verließ Paul Förster die Kantine.

Den Apfel nahm er aus Protest nicht mit.

Wenn das hier jeden Tag so ablief, dann konnte sie sich das Geld für eine Theaterkarte sparen.

Hier kriegte sie es scheinbar frei Haus geliefert.

DIE NEUE ARBEIT

Drei Wochen vergingen wie im Flug.

In dieser Zeit musste Lisa feststellen, dass ihre Arbeit am Computer ziemlich eintönig war.

Stundenlang saß sie vor dem Bildschirm und tippte Rechnungen. Es lief immer nach dem gleichen Schema ab. Zuerst die Adresse schreiben, dann den Ort und das Datum eingeben. Die Kundennummer nicht vergessen und Materialien, Lieferscheinnummer, die Stückzahlen, die Einzelpreise und Gesamtpreise eingeben.

Stupide Arbeit. Irgendwie etwas für Blöde.

Aber wahrscheinlich machte sie genau deshalb diese Arbeit.

Lisa war ein friedliebender Mensch und gab kaum Widerworte. Deshalb war sie bestimmt die Pflegeleichteste im Büro.

Allerdings hatte ihr Selbstwertgefühl in den vergangenen Wochen sehr gelitten. Wortlos ertrug sie die spitzfindigen Bemerkungen ihrer Kolleginnen, allen voran natürlich Isolde Klemm.

Warum bin ich eigentlich ein so dummes Schaf?, dachte Lisa.

Sie hätte sich doch einfach wehren können.

Plötzlich kriegte ihr rechtes Augenlid ganz merkwürdige Zuckungen. Da, schon wieder!

Was war das denn?

Vielleicht war es einfach nur die Überanstrengung, weil sie den lieben langen Tag am Computer saß.

Da, schon wieder!

Lisa fasste sich an die Schläfe.

Na ja, das geht auch wieder weg.

Ihre Sitzhaltung auf diesem alten Stuhl war auch nicht die Beste. Seit einer ganzen Weile plagten sie Rücken- und Nackenschmerzen.

Keine Müdigkeit vortäuschen, Lisa, sagte sie zu sich selbst. Einfach Zähne zusammenbeißen, Salbe drauf, weitermachen, nutzt doch alles nix.

Gedankenverloren griff Lisa in ihren Schulterbereich.

Wer sollte denn diese stupide Arbeit sonst machen? Etwa Isolde Klemm, die mit ihren „reizenden" Lästerattacken beschäftigt war?

Oder Hedwig Klein, die gerne Hierachien untergrub?

Wen haben wir da noch?

Luise Hopfner, die Blondine mit den sexy Kurven, die Angst hatte, sich ihre Fingernägel zu ruinieren?

Oder vielleicht Nina Huth, die sich immer aus allem heraushielt und nur stur ihrer zugeteilten Arbeit nachging?

Der Chef würde sich wohl kaum um solche niederen Arbeiten kümmern. Das ist doch klar.

Also weit und breit kein anderer zu sehen!

Lisa war klar, herumlamentieren war nicht angesagt. Offenbar hatte man genau sie für diese Arbeiten eingestellt.

Selbstverständlich wurde genau das beim Einstellungsgespräch verschwiegen. Von Büroarbeiten war die Rede, nicht vom stupiden Schreiben der Rechnungen.

Nun ja, es ist wie es ist.

Guten Tag, ihr lieben Rechnungen, wie sehr ich euch doch liebe!

Das Telefon klingelte.

Die gute Isolde war mal wieder im Auftrag des Geschwätzes unterwegs. Also blieb nur Lisa übrig.

»Firma Mayser, guten Morgen, mein Name ist Lisa Morgenthau.«

Ohne eine Begrüßung polterte der offenbar sehr verärgerte Kunde durchs Telefon.

»Sie haben mir da eine Mahnung geschickt. So eine Unverschämtheit! Ihre dämliche Rechnung habe ich längst bezahlt. Was bilden Sie sich eigentlich ein?«

Der gute Mann war allerdings bei ihr an der falschen Adresse, denn die Buchhaltung war für solche Fälle zuständig. Wahrscheinlich hatte sich Frau Schäfer vom Empfang bei der Vermittlung vertan.

Bevor Lisa den sehr laut werdenden Kunden darauf aufmerksam machen konnte, brüllte er unentwegt weiter.

»Nun machen Sie mal, Fräulein. Das geht doch so nicht!«

»Ich kann Sie gut verstehen.«

»Das ist ja schon mal was«, schrie der aufgebrachte Kunde ins Telefon und konnte sich gar nicht beruhigen.

»Sie scheinen trotzdem unfähig zu sein, ihren Job anständig zu machen.«

Trotz beleidigender Worte blieb Lisa ruhig.

»Ich verbinde Sie mit der Buchhaltung. Dort kann man Ihnen bestimmt Näheres sagen.«

Lisa versuchte, den aufgeregten Kunden weiter zu verbinden. Doch auf der Leitung der Buchhaltung wurde gerade telefoniert. Der zweite Apparat in der Buchhaltung schien unbesetzt zu sein. Komisch, es konnte doch noch keiner in der Pause sein. Es war doch erst 9.15 Uhr.

Na ja, dann blieb es wieder an ihr hängen.

»Es tut mir sehr leid«, weiter kam sie nicht.

»Ich werde mich über Sie beschweren«, schrie der zornige Kunde weiter.

»Können Sie mir bitte Ihre Telefonnummer geben, dann können die Kollegen aus der Buchhaltung Sie anrufen.«

Lisa hörte nur ein Brummen auf der anderen Seite der Telefonleitung.

»Unfähig, völlig, unfähig«, ging sein Gezeter weiter.

Widerwillig rückte er dann doch seine Telefonnummer heraus und bevor Lisa sich verabschieden konnte, legte er auf.

»Dann eben nicht«, murmelte sie und schrieb brav eine Telefonnotiz, mit der sie sich auf den Weg zur Buchhaltung machte.

Langsam öffnete sie die Zimmertür und hörte eine Frauenstimme, die sehr jung klang. Komisch, diese Kollegin hatte ihr noch keiner vorgestellt. Vom ersten Augenblick an machte sie einen sympathischen Eindruck.

Die Kollegin hatte kurze, brünette Haare, war salopp mit Bluejeans, dunkelblauem T-Shirt und weißen Sneakers gekleidet.

Freundlich lächelnd beendete sie das Telefonat mit einem anderen Kunden.

»Hallo. Wir kennen uns noch nicht. Ich bin Annette Feldbach.«

»Hallo. Ich bin Lisa Morgenthau.«

»Was kann ich für Sie tun?«, fragte die nette Annette.

»Eben hatte ich einen Kunden am Telefon….«.

»….und der hatte eine Beschwerde«, fuhr Frau Feldbach den Satz fort.

»Genau«, nickte Lisa.

»Wie ich sehe, haben Sie alles aufgeschrieben. Geben Sie mir einfach den Zettel, ich mache das schon. Hier läuft derzeit ziemlich viel schief«, seufzte sie.

Ohne zu Knurren nahm die Kollegin einfach Arbeit an, das hatte Lisa in den ganzen Wochen, die sie hier arbeitete, noch nicht erlebt.

»Ach, ich sehe schon. Da ist leider ein Problem aufgetaucht. Aber nichts, was man nicht lösen könnte«, lächelte sie.

»Ein paar kleine Umbuchungen, dann ist die Sache wieder in Ordnung«, fand Annette Feldbach.

»Im Augenblick bin ich zwar alleine, denn der Kollege Schreiber ist derzeit in Urlaub«, versuchte sich Annette ein wenig zu rechtfertigen. Aber sie nahm das alles gelassen hin, wofür Lisa sie bewunderte.

Scheinbar machte es der Kollegin nichts aus, gleich für zwei Leute zu arbeiten.

Annette Feldbach schien Lisas Gedanken zu erahnen und lachte.

»Mit der Zeit stumpft man etwas ab. Nur alles mit der Ruhe machen, dann klappt alles viel besser.«

Da konnte sie recht haben, dachte Lisa und wollte schon wieder gehen.

»Wir können uns auch gerne duzen«, schlug Annette vor.

»Vielleicht gehen wir mal einen Kaffee zusammen trinken?«

Bei so einer lieben Kollegin, die sogar fragt, ob man sich duzen darf, konnte Lisa nicht nein sagen.

»Klar, gerne.«

Bei Annette Feldbach hatte sie sofort das Gefühl, dass sie ihr vertrauen konnte.

DER CHAOTISCHE VOGEL

Am nächsten Tag wollte Lisa nur etwas bei ihrem Kollegen Alfred Vogel im Nebenzimmer abgeben.

Dabei wurde sie Zeugin eines doch recht merkwürdigen Telefonates.

Er bemerkte nicht, dass Lisa ins Zimmer kam und schrie in den Hörer.

»Mäh, mäh, mäh.«

Oh Gott, der wird doch wohl nicht mit einem Schaf telefonieren?, dachte Lisa und war völlig perplex.

Oder glaubt er am Ende selbst ein Schaf zu sein? Man konnte ja nie wissen.

In der Zeit, in der sie in dieser Firma angefangen hatte, war sie schon einigen merkwürdigen Leuten begegnet.

Herr Vogel war die Krönung! Das hatte sie noch nie erlebt!

Während Lisa etwas zurückging, konnte sie den Kollegen unbemerkt beobachten.

Alfred Vogel war vierzig Jahre alt. Vater einer Tochter. Wie auch immer er diese zustande gebracht haben mag, fiel Lisa dazu ein.

Mit Vorliebe trug er alte Turnschuhe zu einem mausgrauen Anzug, der etwas in die Jahre gekommen war.

Er war geschieden, hatte einen Oberlippenbart und wenn er nicht „Mäh" schrie, lachte der Chaot immer nur ins Telefon.

Irgendwie konnte sich Lisa nicht helfen, aber sie wurde das Gefühl nicht los, dass er nicht mehr alle Tassen im Schrank hatte.

Meine Güte. Ich werde doch wohl nicht etwa zur Lästertante wie Isolde? Hoffentlich färbt das nicht ab!

Dem chaotischen Treiben von Alfred Vogel konnte sie nicht länger zusehen und ging unbemerkt aus dem Zimmer.

Wollen wir den Mann mal nicht stören!

Auf dem Flur begegnete sie ihrem Vorgesetzten.

»Sie kommen mir gerade recht«, meinte Herr Fuchsbauer.

»In dem Zimmer, wo Sie gerade herauskommen, werden Sie für die nächsten zwei bis drei Tage bleiben.«

Oh, nein! Bitte nicht!, schoss es Lisa blitzschnell durch den Kopf. Was habe ich nur verbrochen? Lisa hätte sich in ein Mauseloch verkriechen können.

Bevor Lisa etwas sagen konnte, fuhr Herr Fuchsbauer weiter fort.

»In Ihrem Zimmer muss dringend renoviert werden. Ab 14.00 Uhr sind die Anstreicher da. Packen Sie mal Ihre Sachen zusammen und ziehen hier rüber. Frau Klemm nimmt sich Urlaub.«

Bestimmend, keine Widerworte duldend, Herr Fuchsbauer hatte gesprochen!

Klar, Isolde hatte natürlich mal wieder vorgesorgt und war fein raus.

Aber Lisa ließ sich nichts anmerken.

Mit hängenden Mundwinkeln betrat sie ihr Büro.

Isolde Klemm packte ihren grün/roten Rucksack und grinste über alle Backen.

»Na, dann mal viel Spaß mit dem Bekloppten.«

Leichte Ironie lag immer auf ihren Lippen.

»Also dann, meine Liebe, bis nächste Woche. Tschööööö!«

Ja, geh doch nur, dachte Lisa und packte mürrisch ihre Tasche.

Isolde konnte ganz schön gemein und egoistisch sein. Hätte sie das nicht einfach mit Lisa vorher abstimmen können?

Beispielsweise hätte Isolde an einem Tag frei gehabt und an dem anderen Tag Lisa. Aber nein, Frau Klemm musste alle beide Tage Urlaub haben. Immer dachte Isolde nur an ihren eigenen Vorteil! Typisch!

Die liegengebliebenen Rechnungen und alles, was nötig war, kamen in einen Karton und zogen mit ins andere Büro.

Missmutig machte sich Lisa auf den Weg in ihr neues zwei-bis drei Tage Domizil.

Ach, du Schande! Was ist denn mit dem los?

Lisa traute ihren Augen nicht, als sie wieder in Herrn Vogels Büro kam.

Der Kollege hatte seine Turnschuhe samt Socken ausgezogen, seine blanken Füße lagen vorne auf dem Schreibtisch.

Ob das Mäh-Telefonat so anstrengend war, dass ihm gleich die Socken qualmten?

Aber zum Lachen war es der guten Lisa nicht zumute, eher zum Heulen.

Gezielt steuerte die Ärmste auf den freien Tisch zu.

Schallendes Gelächter!

Hatte sich Herr Vogel gerade einen Witz erzählt? Immer und immer wieder lachte er ganz kindlich und irgendwie auch beängstigend. Sollte sie das lieber mal dem Chef sagen? Sie war keine Petze, so wie ihre Schulfreundin Bettina oder hier im Haus Isolde.

Abrupt sprang Herr Vogel auf und salutierte. »Haltung annehmen!«

Sein blödes Grinsen war hoffentlich nicht ansteckend.

Oh Gott, man reiche mir die Notfalltropfen meiner Mutter.

Lisa war entsetzt und ließ sich erst einmal auf ihren neuen Stuhl fallen. Der war allerdings etwas bequemer als ihrer, auf dem sie sonst sitzen durfte.

Na, wenigstens etwas.

Allerdings verschönerte ihr das die aktuelle Situation nicht.

Krampfhaft versuchte Lisa, sich auf ihre Arbeit zu konzentrieren, was ihr allerdings in Gegenwart von Alfred Vogel sehr schwerfiel.

Der Kollege lachte unentwegt vor sich hin, lächelte den Computer an, summte seinem vor ihm liegenden Papierschnipsel ein Liedchen vor. Dabei brach er zwischendurch ständig in Gelächter aus.

Normal ist das hier ganz bestimmt nicht!

Er war eben ein richtiger Chaot. Ziemlich wirr, durcheinander und desorganisiert.

Herr Vogel konnte so manchen Kollegen auf die Palme bringen. Da war sich Lisa sehr sicher.

Aber was sollte sie tun?

Nur nicht mehr hinsehen, motivierte sich Lisa selbst.

Die kurze Zeit hier würde schnell vergehen, hoffte sie zumindest inständig.

Da hörte sie ein Poltern unter dem Schreibtisch.

Was war das?

Ein gut gefüllter Papierkorb rollte direkt vor ihre Füße. Nee, ne!

Jetzt spielte Alfred Vogel auch noch mit seinem Mülleimer Fußball.

Die ganzen Papierfetzen lagen ihr zu Füßen.

»Ein bisschen Fußball spielen, gnädige Frau?«, fragte er.

Und wieder dieses entsetzlich laute Lachen.

Lisa war so entsetzt, dass sie keine Antwort geben konnte.

Sie bekam ein beklemmendes Gefühl in der Magengegend.

Wie sollte sie in einem solchen merkwürdigen Umfeld nur arbeiten?

Hätte sie Herrn Fuchsbauer doch lieber informieren sollen?

Laut Isolde wusste er schon Bescheid und man unternahm von Seiten der Geschäftsleitung nichts.

Wissentlich übersah man dieses Verhalten. Warum auch immer.

Das darf doch alles nicht wahr sein, dachte sie nur. Für Lisa stand fest, um 16.00 Uhr ist hier heute Schicht im Schacht und ich gehe nach Hause. Da treffe ich wenigstens auf normale Menschen.

Im nächsten Moment sprang Alfred Vogel auf und hüpfte aus dem Zimmer raus.

Lisa konnte nur noch ihren Kopf schütteln.

Der Vogel hatte wirklich eine Meise!

NEUE BESEN KEHREN GUT

Immer häufiger ließ sich der Kollege Vogel krankschreiben, ging in die Pause, wann und so oft er wollte. Unerschrocken zog er sein Ding durch. Es war nur eine Frage der Zeit bis er seine Kündigung bekam. Lange genug hatte die Geschäftsleitung nicht hingesehen.

»So ein Typ ist für den Betrieb nicht tragbar«, war nicht nur die Meinung von Oswald Prinz.

»Wir müssen wieder alles ausbügeln, was der Idiot falsch gemacht oder erst gar nicht angepackt hat«, tobte Luise Hopfner.

»Der ist doch eh bekloppt«, war Isoldes Kommentar.

Obwohl Lisa ihre Kolleginnen und Kollegen gut verstehen konnte, war ihr intuitiver Gedanke, dass Herr Vogel einfach krank war und Hilfe brauchte.

Es stellte sich die Frage, wer denn die Arbeit von Herrn Vogel übernehmen sollte.

»Ich habe genug zu tun«, schrie Isolde mit feindseligem Unterton sofort.

Hedwig Klein zögerte nicht lange und schloss sich Frau Klemms Meinung an.

»Wir haben reichlich zu tun, da geht nicht mehr.«

Hm, aber zum Quatschen hatten beide immer genügend Zeit, dachte Lisa nur.

»Wir finden schon eine Lösung. Ich setze mich für euch alle ein«, meinte Herr Fuchsbauer großzügig.

Oh, seit wann hat er denn seine soziale Ader entdeckt?, dachte Lisa und musste innerlich grinsen.

Man soll die Hoffnung ja nie aufgeben!

Als Vorgesetzter wäre es schon lange seine Aufgabe gewesen, im Team klare Strukturen zu schaffen und die Rollen zu verteilen.

Aber dafür fehlte ihm bis jetzt jedes Einfühlungsvermögen.

Zur Überraschung von allen Mitarbeiterinnen und Mitarbeitern wurde die freigewordene Stelle innerhalb einer Woche neu besetzt.

»Hoppla, das ging aber schnell. Wo hat der Fuchsbauer denn die neue Kollegin oder den neuen Kollegen aus dem Hut gezaubert?«, stellte Isolde bissig fest.

Lisa zuckte nur mit den Achseln.

»Keine Ahnung.«

Bei der nächsten Abteilungsbesprechung wurde die neue Mitarbeiterin vorgestellt.

»Das ist Frauke Horn, sie wird uns tatkräftig unterstützen«, lächelte Herr Fuchsbauer und war sich dessen offenbar ziemlich sicher.

Aber die neue Kollegin musste sich doch genauso bewähren wie alle anderen zuvor auch, dachte Lisa.

Die zweiunddreißigjährige Frauke Horn war schlank, hatte schwarze Haare, die sie zu einem Pagenschnitt trug. Von der ersten Minute an machte diese verheiratete Kollegin klar, dass sie die neue Chefin im Ring ist.

»Na, die schmeckt mir ja schon. Glaubt wohl, sie hätte immer recht«, bemerkte Isolde sehr treffend.

Lisa konnte ihr da nicht widersprechen.

Es stellte sich in den nächsten Wochen heraus, dass Frauke Horn wirklich immer alles besser wusste.

Sie war eben ein supertoller neuer Besen! Allerdings steht dieser Spruch wohl für jemanden, der mit großem Eifer bei der Sache ist. Sprich: Arbeiten kann!

Die Kolleginnen waren gespannt, inwieweit das zutreffen würde.

»Die hat auch jeden Tag das Gleiche an«, bemerkte Isolde.

Auch da konnte Lisa ihr ausnahmsweise nicht widersprechen, denn Frauke Horn trug entweder ein blaues Sommerkleid oder eine blaue Stoffhose mit einer Stoffbluse, die vorne mit einem Horn-Knopf verziert war. Wie passend zum Namen.

Und das trug Frau Horn wirklich jeden Tag!

In gewisser Weise zog auch sie ihr Ding durch, nur etwas anders als ihr Vorgänger.

Isolde ließ kein gutes Haar an der neuen Kollegin.

»Die will doch mit uns nix zu tun haben. Haste die mal beobachtet, ständig hat sie die Arme verschränkt. Das ist eine Abwehrhaltung. Habe ich letztens noch in der Illustrierten gelesen, dass man das so nennt.«

Es brodelte in Isolde Klemm.

»Arbeiten kann die auch nicht besser als der Vogel. Sie verkauft es nur anders.«

Lisa nickte nur, denn sie hatte dem nichts hinzuzufügen.

»Aber wenn der Chef da ein Auge oder gleich mehrere Augen zudrückt. Man könnte meinen, die hätten was miteinander.«

Isolde war zwar eine Lästerschwester, aber ihr Gefühl sollte sie nicht täuschen.

Komischerweise war Herbert Fuchsbauer neuerdings sehr gut über die Vorkommnisse in der Abteilung informiert. Noch bevor man über etwas nachdenken konnte, sprach der Chef das Thema an.

Woher wusste er das alles immer wieder?

In den Abteilungsbesprechungen, die jeden ersten Montag im Monat stattfanden, konnte jeder seine Ideen vortragen. Klar, sofern welche dagewesen sind.

Die neue Kollegin schien die Wünsche des Chefs perfekt zu erahnen, denn sie hatte immer und überall einen Supervorschlag im Gepäck.

Vielleicht konnte sie ja hellsehen?

»Mit Frau Horn haben wir eine sehr gute Mitarbeiterin gefunden«, lobte Herr Fuchsbauer überschwänglich.

»Was er wohl an der gefressen hat?«, flüsterte Isolde.

»Frau Horn hat den wunderbaren Vorschlag gemacht, dass wir die Arbeiten anders verteilen können, um die Arbeitsabläufe zu optimieren«, präsentierte Herbert Fuchsbauer voller Stolz.

»Bis jetzt hat doch auch jeder seine Arbeit gehabt«, raunte Isolde.

»Wie wäre es, wenn Frau Klein nur mit den Lieferanten telefoniert? Frau Hopfner könnte die Kundenkontakte pflegen, Frau Klemm und

Frau Morgenthau schreiben weiter Rechnungen.«

Klar, dachte Lisa, die Doofen können die Drecksarbeit übernehmen, die die anderen nicht machen wollen. Das artet ja auch sonst alles in Arbeit aus!

Isolde stupste sie unter dem Tisch an und zeigte den Stinkefinger.

»Das klingt vernünftig«, fand Herr Fuchsbauer und lächelte seine neue Mitarbeiterin an.

»Und was macht Frau Horn denn dann so?«, konnte sich Isolde nicht verkneifen.

»Natürlich helfe ich sehr gerne aus. Ich hatte daran gedacht, in einer Art Springerfunktion zu agieren.«

»Das ist eine gute Idee, eine wirklich sehr gute Idee!«, rief Herr Fuchsbauer.

»Wir machen das so. Ändern können wir es immer noch.«

Alle, außer Frauke Horn und Herbert Fuchsbauer, verließen mit säuerlicher Miene das Meeting.

Frau Horn gewann frei nach dem Motto: Sie kam, sah und siegte!

In den nächsten Wochen stellte sich jedoch heraus, was alle, außer dem Chef schon ahnten.

Sie nutzte ihre sogenannte Springerfunktion, um ihre eigene Faulheit zu stärken.

Ein Springer gehört zur Personalreserve. Ja, in Reserve befand sich Frauke Horn schon. Sie versteckte sich den ganzen lieben langen Tag in ihrem Büro.

Ordner und Papier legte sie auf den Schreibtisch, so dass alles übermäßig nach Arbeit aussah.

Schließlich wollte Frau Horn ja helfen, wo sie nur konnte….

Allerdings ließ ihre wahre Arbeitsbereitschaft zu wünschen übrig.

Hauptsache, die anderen Kolleginnen mühten sich ab, insbesondere Lisa und selbst Isolde Klemm.

Doch Herbert Fuchsbauer war von ihr überzeugt und ließ sie schalten und walten, wie es Frauke Horn gerade passte.

KÖLSCHER KLÜNGEL

Einige Tage später hörte Lisa in der Kaffeeküche zwei vertraute Stimmen.

Normalerweise belauschte sie niemanden, aber intuitiv hielt Lisa inne!

»Was kopierst du da Schönes?«

Diese herrische Stimme war unverkennbar die von Herrn Fuchsbauer. Heute schien er äußerst höflich gestimmt zu sein.

»Ach, das ist nur für unseren Taubenzüchterverein. Du weißt schon.«

Natürlich, diese Stimme kannte Lisa auch. Sie gehörte zu Frauke Horn.

Wieso duzen die sich denn, wenn sie glauben, dass kein anderer in der Nähe ist?

Lisa wurde stutzig. Hatte Isolde am Ende doch recht und die standen sich näher? Wundern würde sie sich über gar nichts mehr.

»Warte, ich helfe dir beim Sortieren. Weiß Werner, dass wir am Sonntag zum Kaffeetrinken kommen?«, fragte Herr Fuchsbauer.

Das Papier knisterte und Frauke Horn lachte dabei, so wie sie es meistens tat.

»Ja, natürlich. Er freut sich riesig, seinen Vetter nach so langer Zeit wiederzusehen. Aber beim Skatspielen wirst du über den Tisch gezogen.«

Also doch! Das ist ja hier eine schöne Vetternwirtschaft, dachte Lisa, und verschwand unbemerkt in ihrem Büro.

Klar, kriegt man auf diese Art und Weise leicht einen neuen Job und braucht sich nicht die Finger wundschreiben. Ihr fiel ein, wie oft sie ihre Bewerbungsmappen weggeschickt hatte, bevor sie endlich diese Stelle in diesem Büro ergattern konnte.

Isolde kam zurück ins Zimmer und erkannte sofort, dass Lisa etwas auf dem Herzen hatte.

»Was ist los?«

»Du ahnst nicht, wen ich gerade ertappt habe.«

Isoldes Antennen gingen direkt auf Sendung.

»Wie erwischt? Beim Knutschen?«

»Nein«, winkte Lisa ab. »Es geht doch nicht immer nur ums Knutschen.«

Nun wurde Isolde aber ungeduldig.

»Na, dann spuck es aus. Was hast du gesehen?«

»Du wirst es nicht glauben, aber unser Chef und Frau Horn sind miteinander verwandt.«

Lisa war immer noch fassungslos.

Für Frau Klemm war das schon lange klar.

»Hab ich es nicht gesagt. Ich habe es doch gesagt, oder?«

»Ja, hast du«, musste Lisa zugeben.

»Da hatte ich mal wieder den richtigen Riecher«, klopfte sich Isolde selbst genüsslich auf die Schultern.

»Hier im Haus hat sowieso jeder mit jedem irgendwas am Laufen. Außer mir natürlich«, betonte Isolde wohlgemerkt.

Achselzuckend hörte Lisa ihrer Kollegin zu. Sie hatte nichts mit irgendjemandem hier. Warum auch?

Isolde ergriff die Gunst der Stunde und hörte gar nicht mehr auf, Lisa alles über jeden Einzelnen hier zu berichten.

»Unser arroganter Juniorchef zum Beispiel, der spielt mit dem Fuchsbauer zusammen Tennis. Bei so manchem Spiel haben die bestimmt was ausgeklüngelt. Da kannste Gift drauf nehmen!«

Nee, wollte ich eigentlich nicht, dachte Lisa und hörte der Never ending Story von Isolde weiter zu.

»Und hier, unser toller Hecht Prinz, der und der Seniorchef kennen sich aus dem Karnevalsverein. Kannste dran fühlen, warum der Prinz zum Produktionsleiter ernannt wurde.«

Isolde redete sich dermaßen in Rage, dass ihr Gesicht rot glühte.

»Das sind doch alles Vitamin B Spritzen.«

Obwohl Lisa die Lästerattacken von Isolde nicht mochte, musste sie ihr hier nochmals beipflichten. So ganz Unrecht hatte Isolde nicht.

»Ich muss jetzt mal zur Toilette gehen«, meinte Lisa, die die ganzen Neuigkeiten erst einmal verdauen musste.

»Ist dir wohl alles aufs Bläschen geschlagen, was?«, lachte Isolde ihr hinterher.

Auf der Toilette gerade angekommen, verspürte Lisa nur eins: Endlich Ruhe!

Wie schön, keine Zickereien, keine Neuigkeiten, einfach Stille!

Oh, man, schon wieder kein Klopapier. Diese faule Bagage ist nicht mal dazu imstande.

Kaum hatte sie den Riegel von der Toilettentür rumgedreht, öffnete sich die Tür zum

Toiletteneingang. Schon war es vorbei mit der schönen Ruhe.

Erneut nahm sie zwei vertraute Stimmen wahr.

Nirgendwo hat man ein paar Minuten für sich alleine!, dachte sie und versuchte, sich so wenig wie möglich zu bewegen.

Ungewollt wurde Lisa Zeugin des nächsten Smalltalks.

»Ach, mein Kind, hoffentlich ist bald Feierabend. Heute plagen mich solche Kopfschmerzen, es hämmert und hämmert«, stöhnte die Frauenstimme, die offensichtlich Hedwig Klein gehörte.

»Aber Mutti, nimm doch einfach eine Schmerztablette. Dann geht das wieder vorbei.«

Lisa überlegte.

Wem gehörte nochmal dieses Stimmchen?

Und wieso Mutti und Kind?

»Ich bin auch froh, wenn der Tag vorbei ist.«

Klar, diese Stimme gehörte eindeutig Luise Hopfner.

In Lisas Kopf hämmerte es auch, aber das kam mehr vom Nachdenken. Sie verstand die Welt nicht mehr. Klar, Frau Hopfner ist verheiratet. Warum sollte ihr Mädchenname nicht Klein sein?

Auf ihrem nicht ganz so gemütlichen Toilettensitz kreisten Lisas Gedanken.

Sind denn hier alle miteinander verbandelt? Wieso kenne ich eigentlich kein Schwein persönlich? Vielleicht müsste ich dann nicht immer jeden Tag diese doofen Rechnungen schreiben.

Oh, man, gerade jetzt musste sie sich räuspern.

Die beiden Damen bemerkten, dass sie offenbar nicht alleine waren und verschwanden ganz schnell wortlos durch die Tür.

Drei Minuten später saß Lisa wieder an ihrem Arbeitsplatz. Irgendwie hatte sie so gar keine Lust mehr, etwas zu tun und ließ alle Neune gerade sein.

Jetzt mach ich das mal so wie die anderen, ruhe mich einfach mal aus, dachte sie und hatte für heute die Nase voll.

Aber die Rechnung hatte sie ohne Isolde gemacht, die redete und redete.

Wo ist denn bei ihr der Ausschaltknopf?, dachte Lisa und stopfte sich aus Frust ein Stückchen Vollmilchschokolade in den Mund. Nervennahrung pur!

»Da fallen mir doch glatt noch zwei Sachen ein«, fing Isolde an.

Oh, nein, dachte Lisa, nicht schon wieder. Kann die nicht mal aufhören?

Nein, das konnte Isolde Klemm natürlich nicht, dazu redete sie einfach viel zu gerne.

»Mir hat da mal jemand etwas erzählt, ich sag den Namen nicht, will ja nicht geschwätzig sein.«

Nee, klar, dachte Lisa und hörte unfreiwillig weiter zu.

»Also, mir hat mal jemand erzählt, dass unsere Hedwig Klein und Frau Schäfer vom

Empfang Schwägerinnen sind. Auch schon wieder Verwandtschaftskram. Verstehste!«

Klar, nickte Lisa und schon ging Isoldes Quasselstunde weiter.

»Oder hier, der Juniorchef und Erwin Stadler. Die wurden zusammen gesehen, wie sie in einer Bar Cocktails schlürften. Was haben die eigentlich miteinander zu schaffen? Egal, die beiden passen gut zusammen. Sind beide doofe Typen!«, das stand für Isolde eindeutig fest.

»Brauchste ja keinem zu erzählen, nee«, meinte Isolde ganz beiläufig.

Lisa schüttelte den Kopf.

»Nein, mache ich nicht.«

Noch am Abend dachte Lisa über die ganze Situation in der Firma nach.

Die besten Beziehungen schien Hedwig Klein zu haben.

Und ob der Junior und Herr Stadler nun zusammen aus gehen oder nicht, das war ihr völlig egal. Sie konnten auch sich einfach nur angefreundet haben, so wie sie mit Annette Feldbach.

Beziehungen zu haben war wohl oft das A und O, um im Berufsleben weiterzukommen.

Manchmal reichte der Fleiß offenbar nicht alleine aus.

Jedenfalls nicht in dieser Firma!

Und wie war das mit diesem sogenannten „Kölschen Klüngel"?

Das war doch ein Ort, an dem viele Fäden zusammenlaufen und man nicht mehr erkennen kann, wie das alles so zusammengehört.

GERÜCHTEKÜCHE

Ein neuer Tag begann.

Wieder klingelte der Wecker um 6.30 Uhr, wie an jedem Wochentag.

Die Sonne strahlte und schien auf Lisas weiße Bettdecke.

Wie gut mir diese wärmenden Sonnenstrahlen tun, dachte sie und gähnte.

Heute Nacht hatte sie mal wieder einen schönen Traum. Sie lag in den Armen ihres Liebsten!

Na, das war schon eine Weile her und nach der Enttäuschung mit Sebastian hatte sie auch keine Ambitionen, sich neu zu verlieben.

Wirklich nicht! Oder vielleicht doch?

Vor ein paar Tagen hatte sie in der Firma einen attraktiven Mann gesehen, der ihr Herz in Wallung bringen könnte.

Groß, blond, sportlich, einfach ein toller Typ!

Lisa bebte innerlich bei dem Gedanken, ihm vielleicht heute wieder zu begegnen. Schon beim ersten Blick in seine stahlblauen Augen war es um sie geschehen!

Aber alles Quatsch. Ich will nicht mehr enttäuscht werden.

Trotzdem hatte sie auf einmal wieder so ein beschwingtes Gefühl, entschied sich für ein schwarzes Etuikleid, das sie normalerweise nur zu festlichen Anlässen trug. Dazu passende schwarze Pumps.

Hm, das war eigentlich zu fein fürs Büro, aber super sexy.

Im Büro zog sie alle Blicke auf sich. Sonst zwischen bieder und leger gekleidet, fiel sie mit diesem Outfit jedem auf.

Die Männer pfiffen ihr teilweise hinterher oder es fielen ihnen die Augen aus dem Gesicht.

Durch die Damenwelt erntete sie eher neidvolle Blicke.

Aber sie wollte doch nur einem gefallen!

Wenige Stunden später wurde ihr auserkorener Traummann in einer Versammlung vorgestellt.

»Ach, der sieht schon fesch aus«, schwärmte Isolde und sie stellte sich diesen Adonis nackig unter der Dusche vor. Uuuaaahhh!!!!

Gänsehautfeeling für Frau Gewissenlos.

Lisa versuchte, erst gar nicht zuzuhören und sich voll und ganz auf die Präsentation ihres tollen Typen zu konzentrieren!

Schwierig möglich, wenn Isolde immer dazwischen quatschte.

Der Seniorchef, Ulf Mayser, stellte den jungen Mann vor und redete und redete.

Dass die Leute immer so viele Worte vergeuden, dachte Lisa und sah nur, wie attraktiv der neue Kollege war.

Ulf Mayser war ein Mann in bestem Alter. Graumeliertes Haar, ein schwarzer Anzug feinster Qualität, weißes Hemd, schwarz/weiße Krawatte, schwarze Lackschuhe. Man hätte glauben können, er wäre zu seiner eigenen Hochzeit gegangen.

Gegen ihn wirkte sein Sohn wie vom anderen Stern. Er sah zwar äußerst gut aus, groß, blondes Haar mit Ansatz, also gefärbt. Der schmal geschnittene Anzug war pastellfarben und modern. Auffallend war seine Uhr, offenbar von der Marke Cartier. Luxuriös und sein Benehmen lag zwischen schüchtern und angeberisch.

Lisa fiel auf, dass der Junior, Patrick Mayser, nie viel sagte. Mehr oder weniger stand er zur Zierde da, aber immer mit einem Gläschen Sekt in der Hand.

Nun, irgendwo musste der Mann sich auch dran festhalten können!

Nachdem Ulf Mayser endlich zum Schluss seiner Rede kam, wussten nun alle, wie der neue Schönling heißt.

Heiner Westphal. Seines Zeichens der neue Designer des Hauses.

»Also, ein Stößchen auf den Neuen«, ertönte Isoldes laute Stimme.

Prost auf Heiner!

Ob der verheiratet ist?, dachte Lisa und blinzelte verzückt in die Sonne, die gerade durchs Fenster schien.

Erleichtert stellte sie fest, dass er keinen Ring am rechten Finger trug. Links auch nicht, also verlobt war er offenbar nicht. Puh!

Dabei bemerkte Lisa nicht, dass sie die ganze Zeit von ihren lieben Kolleginnen beobachtet wurde.

»Oh, oh, Lisa, wach auf! Das ist keiner für dich.«

Unsanft stupste Isolde die total verknallte Lisa an.

»Meinste du?«, fragte sie leicht geistesabwesend.

»Das sieht man doch!«, lachte Isolde höhnisch.

Auch Luise Hopfner war dieser Meinung.

»Da hat Frau Klemm vollkommen recht!«

Na, dann sind sich die Damen mal wenigstens einmal einig. Welch seltener Fall, dachte Lisa und ließ sich nicht aus ihren Träumen rausreißen.

Er blieb ihr Traumtyp!

Das ging wochenlang so und es kam Lisa nicht eine Sekunde in den Sinn, dass ihre Kolleginnen vielleicht recht behalten könnten.

Sobald sie den neuen Designer traf, himmelte sie ihn an. Leugnen war zwecklos.

Natürlich entging Heiner Westphal Lisas offensichtliche Gefühlswelt nicht. Es schien ihn allerdings eher zu amüsieren. So ein bisschen Bewunderung tut ja jedem Mann gut!

In ihrer Euphorie bemerkte Lisa nichts davon.

Sie ließ auch nicht ihre Scheuklappen ab, als sie mehr und mehr bemerkte, dass er oft ziemlich dick auftrug. Das konnte auch eine selbst gebaute Schutzmauer sein, fand Lisa.

In der heutigen Mittagspause wollte sie einfach nur kurz an die frische Luft. Vielleicht ein kleines Schokoladeneis holen. Mal sehen!

Kurz vor der Eisdiele machte sie jedoch eine unangenehme Entdeckung.

Ihr vergötterter Heiner saß dort mit einer schlanken Blondine. Der Minirock brachte ihre superlangen Beine exakt zur Geltung.

Immer und immer wieder küsste der gute Herr Westphal die Hände seiner Angebeteten und diese Hände gehörten leider nicht Lisa.

Nein, das darf doch nicht wahr sein!

Lisa fiel unsanft von ihrer rosaroten Wolke hinunter.

Sekundenschnell stieg Eifersucht in ihr hoch.

Wieso diese Tussi und nicht ich?

Bei näherem Hinsehen kam ihr diese Frau irgendwie bekannt vor.

Woher kenne ich die denn?, fragte sie sich andauernd.

Da fiel es ihr wie Schuppen von den Augen.

Das ist die Sekretärin vom Juniorchef.

Na, dass sie sich den nicht geangelt hat, das wunderte sie jetzt.

Bei dem Junior hätte sie sich doch eher hochschlafen können. Aber na ja, bei näherem Betrachten war Heiner sicher schöner als Patrick Mayser, obwohl er auch ganz schnuckelig war.

Schlecht gelaunt kehrte Lisa aus der Mittagspause zurück.

»Wer oder was hat dir denn auf die Füße getreten?«, wollte Isolde wissen.

»Oder hast du einen sauren Apfel gegessen?«, witzelte die neugierige Kollegin.

»Nein, aber…«

Lisa konnte den Satz nicht zu Ende bringen und heulte einfach los.

Sogar die vorlaute Isolde bekam Mitleid und versuchte, ihre Kollegin zu beruhigen.

»Meine Güte, was ist dir denn Schlimmes wi-
derfahren?«

»Er. Ich habe ihn gesehen«, begann Lisa und
schluchzte weiter.

Sie griff nach einem Papiertaschentuch und
schniefte so laut, dass die Kolleginnen im Nebenzimmer hätten vom Stuhl fallen können.

»Wen?«, fragte Isolde ziemlich emotionslos.

»Er.«

»Ach, der.« So langsam dämmerte es Frau
Klemm, wen Lisa meinen könnte.

»Er hat, er hat…«, stammelte sie immer wieder, »er hat eine andere. Wahrscheinlich hat er
nur über mich gelacht.«

»Na ja, das kann schon sein. Aber du wolltest
ja auch nie auf mich hören.«

Frau Klemm hatte mal wieder ein Taktge-
fühl, das zu wünschen übrig ließ.

»War er wieder mit der Blonden vom Juniorchef zusammen?«

Lisa nickte nur.

»Dann stimmt das doch, was der Flurfunk
berichtet. Kannste mal sehen, an einem Gerücht
ist immer was dran.«

Da fühlte sich Isolde mal wieder absolut be-
stätigt, obwohl sie nicht ganz unbeteiligt war
an solchem Gerede.

Statt die unglückliche Lisa zu trösten, griff
Isolde gleich zum Hörer. Die nächste Kollegin
musste dringend informiert werden.

Schlecht über Kollegen reden und Thesen in
die Welt setzen, gehörte wohl zum absoluten
Volkssport in der Firma Mayser.

Es dauerte gar nicht lange, da geriet auch Lisa ins Visier der Gerüchteküche.

Seit einiger Zeit hatte sie immer wieder das Gefühl, dass sich Kollegen ihr gegenüber anders benahmen als sonst.

Mitleidige Blicke trafen sie und diese Blicke waren scharf wie Rasierklingen.

Getuschel hinter vorgehaltener Hand war an der Tagesordnung.

Doch, was war nur passiert?

Hatte sie jemanden beleidigt? Wenn, war das ganz sicher unabsichtlich passiert.

Bis jetzt kam sie allerdings mit allen gut klar, dachte sie zumindest.

Nicht verzagen, Isolde fragen!

Selbstverständlich war die Kollegin sehr gut informiert.

»Ja, das wollte ich dir eigentlich gar nicht sagen, aber die Kollegen machen sich wirklich Sorgen um dich, weil du….«, druckste sie rum.

»Weil ich, was?«, wollte die ahnungslose Lisa wissen.

»Sie sagen, dass du einen Selbstmordversuch hinter dir hast.«

»Waaaassssss!!!!« Lisa verstand die Welt nicht mehr.

»Wer kommt denn auf so eine absurde Idee?«

Natürlich wusste Isolde auch darauf eine Antwort.

»Du warst immer so traurig. Hast ständig ein langes Gesicht gezogen.«

Da konnte Lisa nicht mehr innehalten.

»Und da kommt ihr auf die Idee, ich könnte mir was antun wollen? Wie bescheuert ist das denn?«

Lisa war außer sich. So schnell kann man in Verruf kommen, obwohl man gar nichts gemacht hat.

»Das ist echt ein starkes Stück. Ja, ich war traurig, das stimmt. Manchmal bin ich das immer noch. Aber das ist absolut kein Grund, mir so etwas zu unterstellen. Selbstmordversuch? Langsam bin ich es satt mit eurem blöden Gerede.«

Um eine weitere Erfahrung war Lisa jetzt reicher.

Aber auch um eine Enttäuschung mehr. Sie konnte es nicht fassen, sprach an diesem Tag nicht mehr mit Isolde. Erwartete Lisa zu viel, wenn sie dachte, dass ihre Zimmerkollegin sie hätte unterstützen können? Aber wahrscheinlich hat Isolde kräftig mitgemischt, statt für sie da zu sein. Wie üblich!

Private Gespräche waren fortan für Lisa tabu. Guten Tag, guten Weg, ihre Arbeit machen, Tschüss, mehr konnte man von ihr nicht verlangen.

Allerdings musste sie feststellen, dass das auch keine Lösung war. Mit dieser Haltung schürte Lisa ungeahnt neue Gerüchte. Ob nun etwas Wahres dran war oder nicht, Gerüchte verbreiten sich schnell und teilweise unkontrolliert!

Ohne es zu ahnen, bot Lisa ihren Kollegen neuen Gesprächsstoff.

Die Sekretärin des Seniorchefs hatte für vier Wochen ihren verdienten Urlaub angetreten.

Da die blonde Dame aus dem Vorzimmer des Juniorchefs sich nicht in der Lage sah, zwei Sekretariate zu führen, musste eine andere Lösung her.

Ulf Mayser, der Seniorchef, erinnerte sich an die nette junge Frau, die er vor gar nicht allzu langer Zeit eingestellt hatte. Sie machte einen sehr kompetenten Eindruck und schien auch arbeiten zu können.

Kurzerhand beorderte er Lisa zu sich ins Vorzimmer.

Dieser Vertretungsjob zog viele Neider nach sich!

Allen voran Luise Hopfner, die gerne in die Chefetage gewechselt hätte. Sie hielt sich ganz sicher für die bessere Wahl.

Nun war es wieder einmal an der Zeit, die Konkurrentin überall in einem schlechten Licht dastehen zu lassen. Wo immer Luise Hopfner die arme Lisa bloßstellen konnte, tat sie es.

Das gute Verhältnis zwischen Lisa und dem Seniorchef war ihr ganz sicher ein Dorn im Auge.

Egal, ob Ulf Mayser seiner neuen Vorzimmerdame die Tür aufhielt, weil er ganz einfach ein Gentleman der alten Schule war, oder Lisa einfach ein nettes Lächeln schenkte. Wenn die Geschichte nicht passend für ein Gerücht war, dann wurde sie eben passend gemacht.

Wem sollte das schon auffallen?

Hauptsache die kleine Nebenbuhlerin war Gesprächsthema Nummer eins. Selbstverständlich im schlechten Sinne. Was sonst?

Die gegenseitige Sympathie, die Lisa und der Seniorchef füreinander empfanden, interessierte keinen.

Das dumme Gerede zeigte seine Wirkung!

Ein neuer Betriebssport war geboren. Spitze Mäuler zerreißen.

Zumindest brachte das eine Menge Abwechslung in den sonst so tristen Berufsalltag und die Fantasien einiger Mitarbeiter wurden durchaus angeregt.

Allen voran, die drei Grazien, Isolde Klemm, Luise Hopfner und Hedwig Klein. Ein Dreamteam für die Gerüchteküche!

Auf dem gemeinsamen Weg zum Supermarkt steckten die drei ihre Köpfe zusammen.

»Habt ihr das schon gesehen? Die Lisa und der Senior sitzen da drüben in einem Restaurant.«

Isolde hatte mal wieder den totalen Durchblick.

»Gemeinsames Mittagessen, oder was?«

»Seht doch da nicht so hin!«, forderte Luise Hopfner die beiden anderen auf.

»Die lachen miteinander. Nein, die turteln miteinander. So was Schamloses. Der alte Sack findet das wahrscheinlich geil, mit so einem jungen Ding zu flirten«, stellte Hedwig Klein fest.

»Die haben ein Techtelmechtel«, stand für Luise Hopfner sofort fest.

Ihre spitze Zunge hörte gar nicht mehr auf, irgendwelche haltlosen Behauptungen zu verbreiten.

Eiligst kehrten die drei Damen zurück ins Büro und ließen die Gerüchteküche brodeln.

Mit einem Schlag war Lisas Ruf erneut ruiniert!

Nur die sonst so geschwätzige Isolde Klemm ruderte nach einigen Tagen etwas zurück. Verspürte sie doch so etwas wie ein schlechtes Gewissen?

Sie hätte durchaus ihre liebe Kollegin Lisa verteidigen können, aber mit dem Strom fließen war natürlich einfacher. Sie hätte sich auch auf die Seite der in dieser Situation Schwächeren schlagen können. Nein, nein, das kam nicht in Frage. Immer kräftig mitmischen, es könnte ja mal etwas dran sein!

An einem verregneten Vormittag überkamen auch Isolde Schuldgefühle. Lisa war ihr gegenüber immer loyal und anständig gewesen.

Nach der vierwöchigen Vertretungszeit musste Lisa wieder an ihren Arbeitsplatz zurückkehren.

Ein beklemmendes Gefühl, dass ihre Kolleginnen und Kollegen sie mieden, kam schnell zurück.

Dieses Mal musste sie keine mitleidigen Blicke ihrer reizenden Mitstreiterinnen erdulden, sondern eher missmutige.

Was habe ich jetzt schon wieder falsch gemacht?, dachte Lisa, und konnte sich die erneute ablehnende Haltung nicht erklären.

Vielleicht sollte sie es so wie Nina Huth machen und einfach über die Flure huschen, ohne nach links und nach rechts zu sehen.

Doch Lisa wollte einfach nur mit allen gut zurechtkommen. Als Kind wurden ihr Höflichkeit und Respekt anderen Menschen gegenüber beigebracht.

Wie gewohnt, setzte sich Lisa an ihren Schreibtisch und tippte Rechnungen.

Isolde begrüßte sie mit Küsschen links und Küsschen rechts. Das war neu!

Wieso nur ging Frau Klemm so auf Kuschelkurs? Oder hatte Isolde einfach ihre soziale Ader entdeckt?

Das fragte sich Lisa schon den ganzen Vormittag.

Warum war die sonst so launische Isolde auf einmal zahm? Da muss doch wieder irgendetwas im Busch sein. Das spürte Lisa ganz genau.

»Na, wie war es in der Chefetage?«, fragte Isolde mit einem breiten Grinsen.

Wusste ich es doch, sie hält das nicht lange durch, dachte Lisa.

»Gut, danke. Alle waren sehr nett.«

»Und der Seniorchef?«

Langsam tastete sich Isolde an das eigentliche Thema heran.

»Er ist ein wahrer Gentleman«, schwärmte Lisa in ihrer Unbefangenheit.

»Ah, ja, hört, hört.«

Spontan bot Isolde ihr ein Stück Vollmilchschokolade an.

Lisa lehnte höflich ab.

»Nein, danke. Ich mache gerade eine Diät.«

»Du und Diät? Als ob du das nötig hättest!«

Im Stillen dachte Isolde nur, dass die Befragung wirklich anstrengend war. Man musste Lisa aber auch alles aus der Nase ziehen.

Es nutzte rein gar nichts. Isolde wollte mehr wissen und setzte ihren ganzen, bisher gut versteckten, Charme ein.

»Wie ist denn der Chef so privat?«

Ganz schön neugierig, dachte Lisa und zuckte mit den Achseln.

»Dazu kann ich nichts sagen.«

»Du kannst nicht oder du willst nicht?«, fragte Isolde ungehalten.

»Ich kenne ihn nicht privat. Warum willst du das denn wissen?«

Lisa verstand nicht, warum Isolde ständig darauf rumreiten musste. Woher sollte sie denn wissen, wie der Chef oder die Chefs privat sind? Sie kennt die beiden doch nur aus dem Büro.

Da prustete es aus Isolde heraus.

»Ihr habt doch zusammen gegessen. Leugnen ist zwecklos, Lisa!«

Meine Güte, das klang richtig bedrohlich und wie sich Isolde auf einmal vor ihr hinstellte! Arme auf die Hüften. Irgendwie sah Isolde so kampfbereit aus.

»Essen? Ach, du meinst bestimmt das Mittagessen beim Chinesen drüben! Ja, da waren wir mal kurz essen, der Senior und ich. Aber woher weißt du das?«

»Och, das erzählt man sich so«, stammelte Isolde und schob sich schnell noch einen Schokoriegel in den Mund.

Lisa fiel es wie Schuppen von den Augen.

»Da brodelt die Gerüchteküche aber mal wieder ganz schön. Und nur, weil der Seniorchef und ich dort zu Mittag gegessen haben? Ist doch lachhaft.«

»Ja, ja, das habe ich auch zu den anderen gesagt. Ist doch echt lächerlich, oder?«, ruderte Isolde zurück.

Nervös faltete Isolde das silberne Schokoladenpapier zusammen.

»Ja, ja, die Gerüchte hier im Haus. Das verbreitet sich alles sehr fix.«

Die ständige dumme Quatscherei der noch dümmeren Kolleginnen und Kollegen hatte Lisa gehörig satt.

»Und was wurde wieder aus dem simplen Mittagessen gemacht?«

»Hm, man erzählt sich so, dass du eine Affäre mit dem Senior hast.«

Lisa musste trotz allem lachen.

»Waaasss? Das ist echt nicht wahr, oder?«

Sie sah Isolde an der Nasenspitze an, was sie dachte.

»Seid ihr denn alle bekloppt? Einfach Lügen in die Welt setzen, ohne richtig zu wissen, ob etwas wahr ist. Klar, wer macht sich auch die Mühe? Einfach was erfinden, aufbauschen, super, da sind ja alle ganz riesig gut drin.«

Aber Isolde versteckte sich hinter ihrem Bildschirm und schwieg.

Für den Rest des Tages bearbeitete Lisa stinkesauer den großen Stapel Rechnungen.

Wie fix das so geht, wenn man richtig Wut im Bauch hat!

KONFLIKTE

Eins war sicher.

Es geht ganz schnell, einen anderen Menschen in Verruf zu bringen!

Wochen über Wochen vergingen und Lisa sprach wieder einmal kaum mit den anderen. Guten Tag, guten Weg, alles sachlich, wenn es um Berufliches ging. Sonst nichts.

Aber ob das eine Dauerlösung sein konnte?

Diese Frage keimte in Lisa auf, als sie in der naheliegenden Eisdiele saß. Sie, ganz alleine mit ihrem Cappuccino.

Die Sonne legte sich wärmend auf ihre zarte Haut. Ach, das tat gut!

Die Gedanken an das derzeitige Arbeitsklima schnürten Lisa fast den Hals zu. Das war doch kein Arbeiten mehr!

Nur noch Konflikte hier, Konflikte da. Ausgelöst durch Worte, durch Taten.

Streit wegen Kleinigkeiten, verschiedenen Zielvorstellungen, unterschiedlichen Informationen oder einfach Missverständnissen. Egal wie, es war nicht mehr schön, wie alles ablief.

Aber sie wollte sich auch nichts mehr gefallen lassen. In den vergangenen Wochen war so viel passiert!

Sofort fiel ihr das Beispiel Luise Hopfner ein.

Die Kollegin hatte eine ganz besondere Art andere Leute auszuhorchen und zu manipulieren.

Letztens fuchtelte Luise Hopfner mit ihrem schwarzen Handy in der Hand vor Lisas Gesicht herum.

Gutgläubig, wie Lisa nun mal war, dachte sie an nichts Böses. Vielleicht erwartete Frau Hopfner einfach nur ein wichtiges Telefonat.

Fehlanzeige!

Mithilfe des eingebauten Mikrophons nahm Luise Hopfner das Gespräch auf, um Lisas Ideen bei der nächsten Abteilungsbesprechung als ihre Ideen präsentieren zu können. Eigenes brachte sie nicht zustande, wollte aber immer nur glänzen!

Eine richtig fiese Nummer, fand Lisa.

Der Chef lobte Luise Hopfner für die tollen Inspirationen, die ja nur geklaut waren.

Fassungslos sah Lisa dann mit an, wie die andere die Lorbeeren bekam, die eigentlich ihr zugestanden hätten.

Im Nachhinein betrachtet, müsste sie einfach auf den Putz hauen und sagen, dass dieser gute Vorschlag ursprünglich von ihr stammte.

Aber was hätte das gebracht?

Wer würde ihr glauben und nicht der tollen Frau Hopfner, die gekonnt wusste, sich immer und immer wieder in Szene zu setzen?

Meldete sich Lisa zu Wort, wurde das eh meistens belächelt. Zudem hatte sie keinerlei Beweise dafür, dass es nicht Frau Hopfners Ideen waren.

Oft steckte Lisa in einem Hamsterrad, dass nicht aufhören wollte, sich zu drehen!

Leider auch dieses Mal.

Sie war in diese Firma gekommen, um Spaß an der Arbeit zu haben, um nette Kolleginnen und Kollegen kennenzulernen. Was war nur daraus geworden? Dann hätte sie auch im alten Büro bleiben können.

Klar hatte ihr Bruder damals recht, sie war die ewige Auszubildende und wurde hin und her geschubst.

Aber mit dem Neubeginn bei Mayser GmbH & Co. sollte alles anders werden.

So viele Streitereien, wie in diesem Betrieb, hatte sie noch nicht kennengelernt. Gut, wo viele Menschen arbeiten, da gibt es verschiedene Charaktere und sicher die eine oder andere Unstimmigkeit.

Warum nur konnten die Leute nicht einfach friedlich miteinander umgehen?

Immer und immer wieder kreisten ihr diese Dinge durch den Kopf.

Frauke Horn hatte absoluten Sonderstatus, da sie mit dem Abteilungsleiter Fuchsbauer verwandt war. Sie hatte das Privileg in einem Zimmer mit zwei Schreibtischen alleine zu sitzen, während andere zu zweit in einem Zimmerchen hocken mussten.

Ihre Springerfunktion nutzte sie gekonnt aus. Arbeiten konnte man das nicht wirklich nennen und wenn die Kollegen zu viel zu tun hatten, war sie anderweitig beschäftigt.

Klar, man muss nur wissen, wie man alles darstellen möchte. Klappte bei ihr ausgezeichnet.

Dem Chef fiel das gar nicht auf oder er übersah es einfach.

Er sprach immer von Teamarbeit.

In der letzten Zeit hatte Lisa davon nichts bemerkt. Team, welches Team?, dachte sie nur.

Jedoch gab es für einen Herrn Fuchsbauer noch einen Chef „über ihm".

Wenn Ulf Mayser etwas anordnete, so hatte auch Herbert Fuchsbauer diesen Anweisungen zu folgen.

Als der Seniorchef herausfand, dass schon länger das Zimmer von Frau Huth nur als Einzel- statt als Zweierzimmer genutzt wurde, musste schnell eine Lösung her.

Heiße Diskussionen entstanden.

Nina Huth zu Frauke Horn? Nein, das konnte nicht gutgehen. Zwei so verschiedene Charaktere und keine würde nachgeben. Das stand auf jeden Fall fest!

Es musste eine Mitarbeiterin sein, die den wenigsten Widerstand leistete….

Die perfekte Lösung stand schnell fest: Lisa Morgenthau.

Einige Veränderungen in der Konstellation wurden von Herrn Fuchsbauer selbst bestimmt, denn wenn er von *oben* Anweisungen erhält, so musste er diese an seine *Untergebenen* weitergeben.

Gestern wurden diverse Umzüge vollzogen.

Isolde Klemm zog zu Frauke Horn. Beide standen sich in Nichts nach und wollten immer bestens über alles und jeden informiert sein. Jede auf ihre Weise.

Das Gespann Mutter und Tochter, also Hedwig Klein und Luise Hopfner, war unantastbar! Sie durften in einem Raum residieren.

Und Lisa, ja, sie hatte nun mit Nina Huth das Vergnügen. Aber Lisa war es sowieso leid, immer viel zu reden und zog sich immer mehr zurück. Da war es nicht weiter tragisch mit einer Kollegin zusammenzusitzen, die von vornherein recht wortkarg war.

Jetzt könnte man im Zimmer eine Stecknadel fallen hören!

Nina Huth schwieg nicht nur eisern, sie trennte die beiden gegenüberstehenden Schreibtische durch die Aufstellung mehrerer Aktenordner.

Okay, wenn sie meinte, dachte Lisa und zog sich in ihr eigenes Schneckenhaus zurück.

Manchmal kam sich Lisa wie auf einem Kinderspielplatz vor. Am besten hätte man jedem ein buntes Förmchen geschenkt. Einfach alles kindisch!

Immerhin sprach Nina Huth die Worte wie »Guten Morgen«, »Mahlzeit« und »Auf Wiedersehen«.

Ihr zartes, dezent geschminktes, Gesicht hielt Lisa in die pralle Mittagssonne.

»Ach, das Leben könnte so schön sein!«

Sie bestellte sich noch einen Cappuccino und genoss es, einfach die Seele baumeln zu lassen.

Trotzdem gingen ihr die ganzen Konflikte der vergangenen Zeit weiter und weiter durch den Kopf.

Traurig fand Lisa es auch, dass die Menschen um sie herum sehr schnell urteilten, obwohl sie sich wahrscheinlich nicht die Mühe machten, alles richtig zu verstehen. Fairness wurde deutlich klein geschrieben.

Aber was konnte man von diesen Leuten erwarten? Fachliche Überforderung konnte es nicht sein, denn so wahnsinnig viel können musste man bei den einzelnen Arbeitsschritten nicht.

Jedoch hatte jeder so seine eigenen Wertevorstellungen.

Vorige Woche noch machte es plötzlich die Runde, dass Erwin Stadler aus der Produktion Alkoholiker ist.

Zwar beteiligte sich Lisa nie an solchen Gesprächen und Gerüchten, aber automatisch kommt auch der Flurfunk überall im Haus gut an.

Man warf ihm vor, ständig zu simulieren, er sei krank.

Beim Rundgang mit Herrn Prinz war ihr zwar aufgefallen, dass Herr Stadler viele Bonbons und Papiertaschentücher auf dem Schreibtisch liegen hatte. Aber deswegen ist man noch lange kein Simulant!

Selbst wenn er ein Alkoholproblem gehabt hätte, so war er vielleicht einfach nur traurig und musste viele Probleme bewältigen.

Sie kannte das von ihrem Onkel Günther, der eigentlich ein arbeitswilliger Mann war. Nachdem er einen Schicksalsschlag erlitten hatte, ertränkte er seinen Kummer mit Alkohol.

Diese Menschen, wie Herr Stadler oder ihr Onkel, brauchten keinen Hohn und Spott, sondern ernsthaft Hilfe.

Stattdessen erinnerte sie sich an eine Situation, die sie bei der Geburtstagsfeier von Frau Klein beobachten musste. Sie stand genau neben Herrn Stadler und es fiel Lisa auf, dass die Kollegen ihm ständig Bier vor die Nase stellten, obwohl er nicht mal das erste Glas wirklich ausgetrunken hatte.

Macht man das, wenn man weiß, dass dieser Mann ein Alkoholiker sein könnte?

Oder wollten diese Kollegen einfach mal wieder nur für eine gute Gerüchteküche sorgen?

Eine Schande war das, fand Lisa.

Anstand hieß hier wohl das Fremdwort.

Welche Beweggründe es auch immer für solche Menschen gab, um einen anderen, der scheinbar schon am Boden liegt, zu provozieren oder gar zu etwas zu animieren, es war ein mieses Spiel, dass man mit dem armen Mann trieb.

Dass Erwin Stadler ein ernsthaftes Problem hatte, wurde Lisa spätestens klar, als sie sah, wie man Erwin Stadler mit dem Krankenwagen abholte.

Sie blickte in die Augen eines völlig verzweifelten Menschen.

Heute Mittag wollte Lisas Gedankenkarussell gar nicht aufhören.

Auch Oswald Prinz aus der Produktion mischte kräftig mit.

Kürzlich lachte er höhnisch. »Wenn es nicht schnell genug läuft, dann müssen wir eben die Schlagzahl erhöhen. Wie auf der Galeere!«

So ein Blödsinn, dachte Lisa, aber Herr Prinz scheint wirklich noch von vor-vorgestern zu sein.

Nur konnte Herbert Fuchsbauer durchaus auch die Rolle eines Diktators ausfüllen.

Vor einiger Zeit hatte Lisa die weinende Nina Huth über den Flur huschen sehen.

Zufälligerweise hörte Lisa durch die offene Tür ein Gespräch zwischen Frau Huth und Herrn Fuchsbauer mit.

Der Ehemann von Frau Huth war schwer verunglückt. Verständlicherweise wollte die Kollegin sofort zu ihrem Mann fahren.

Keine Frage, wer sollte da nein sagen?

»Wenn Sie meinen, dass Sie das tun müssen, dann müssen Sie das eben tun«, hatte sie Herrn Fuchsbauer reden hören.

Was war das denn? Hatte dieser Mann denn gar kein Herz oder Mitgefühl?

Lisa konnte nur mit dem Kopf schütteln.

Mit diesen Eigenschaften Herz und Gefühl durfte Lisa bisher nur zwei Chefs kennenlernen.

Zum einen den Seniorchef Ulf Mayser, der sehr sympathisch und zuvorkommend war und Daniel Mey, den Personalchef. Er war immer gerecht, menschlich, zweiundfünfzig, verheiratet, hatte drei Kinder und seine Devise war immer: Herz über Kopf! Ein sehr netter Mann.

Oh Gott, wenn ihre Kolleginnen diesen Gedankengang hören könnten, sie hätte glatt schon wieder ein Verhältnis mit einem älteren Mann. Aber nein, sie würde so etwas erst gar nicht anfangen. Er war einfach nur nett.

Ach herrje. Beim Blick auf ihre schwarze Armbanduhr stellte Lisa fest, dass die Zeit wie im Flug vergangen war. Sie musste sich beeilen, um rechtzeitig aus der Mittagspause wieder an ihrem Arbeitsplatz zu sein.

Kurz die Rechnung bezahlen und auf geht`s ins Getümmel.

Auf dem Weg zurück traf Lisa die nette Dame aus der Produktion.

Wibke Böhm grüßte freundlich.

»Ach, hallo, Frau Morgenthau. Schön, Sie zu sehen.«

»Hallo, Frau Böhm. Danke, gleichfalls.«

Eine wirklich sympathische Frau, dachte Lisa. Sie ist sicher nicht so hinterhältig wie die anderen Kolleginnen.

Wenn sie sich da mal nicht täuschen sollte.

»Sie sehen so unglücklich aus«, fragte Wibke Böhm ziemlich direkt.

Na ja, sie hatte nicht mehr viel Zeit bis zur Firma.

Ohne großartig zu überlegen, vertraute Lisa kurzerhand dieser freundlichen Kollegin.

Ihre Vertraute Annette Feldbach hatte derzeit Urlaub und deshalb sprudelte es aus Lisa nur so heraus.

In Kurzform berichtete sie ihr das, was sie seit langem alles beschäftigte.

Die raffinierte Wibke Böhm wirkte sehr verständnisvoll.

»Ach ja, man darf eben nicht allen vertrauen.«

Und schon standen die beiden im Foyer und mussten sich wieder verabschieden.

Sie wünschten sich gegenseitig einen schönen Nachmittag und Lisa hatte nicht die geringste Ahnung, dass ihr das noch leidtun würde.

Im Aufzug bekam Lisa erste Zweifel.

Hoffentlich habe ich das richtig gemacht und war nicht mal wieder zu blauäugig. Ach, was. Sie machte einen netten Eindruck.

Wie man sich doch täuschen kann.

Kurz vor Feierabend riss Isolde Klemm die Tür des Büros auf, in dem sich Lisa befand. Sie hatte Luise Hopfner im Gepäck.

»Was ist uns da zu Ohren gekommen? Du redest hinter unserem Rücken schlecht über uns. Das ist ne echt fiese Nummer von dir. Das muss ich dir mal in aller Deutlichkeit sagen.«

Isolde verschränkte die Arme übereinander und blähte sich vor Lisa auf.

»Genau. Was bilden Sie sich überhaupt ein?«

Luise Hopfner war empört.

Fassungslos saß Lisa auf ihrem Stuhl und wurde mit Vorwürfen überschüttet.

Der Ausspruch »Du bist eine hinterhältige Kuh« war dabei noch das netteste „Kompliment".

Als die beiden Damen ihren Dampf abgelassen hatten, verschwanden sie beleidigt durch die Tür.

Kopf in den Nacken, Hintern raus!

Nun liefen Lisa unaufhörlich die Tränen über ihre zarten Wangen.

Ihr Schluchzen ließ sogar die sonst so unnahbare Nina Huth nicht kalt, die dem Auftritt der beiden Grazien beiwohnen durfte.

Schnell gab sie der aufgelösten Lisa ein Papiertaschentuch.

»Die haben doch selbst so viel Mist verbreitet. Scheinbar wissen sie das nicht mehr«, stammelte Lisa.

»Nehmen Sie diese Furien einfach nicht ernst«, lächelte Nina Huth, die sich als verständnisvolle Frau entpuppte. »Die Damen werden sich schon beruhigen.«

»Hoffentlich. Ich kann nicht mehr so arbeiten.«

Lisa war völlig fertig mit den Nerven und packte ihre schwarze Ledertasche.

An diesem Nachmittag ging sie überpünktlich nach Hause.

Vor ihren Lieben zu Hause hatte sie sich nichts anmerken lassen. Sie haben genug eigene Sorgen, dachte Lisa und zog sich mit Kopfschmerzen zurück.

Nachts wälzte sie sich wieder im Bett hin und her. Ihre Gedanken ließen sie nicht schlafen.

Am nächsten Morgen hätte sie schon im Aufzug heulen können, bevor sie überhaupt eine der Damen zu Gesicht bekommen hatte.

Aber es nutzte alles nichts. Sie verdiente hier ihr Geld. Ihre Arbeit machte sie gut und da konnte niemand meckern.

Augen zu und durch!

Leichter gesagt, als getan, denn die Damen waren immer noch sehr aufgebracht. Das hatte sich auch über Nacht nicht gelegt.

Funkstille machte sich in Lisas Nähe breit.

Ein paar Tage später hatten die Damen jedoch das nächste Opfer gefunden und die

Querelen mit Lisa waren nicht mehr ganz up to date.

Als Nächstes traf es die reizende Wibke Böhm. Also hatte ihre Aktion, die Kolleginnen mit neuem Gesprächsstoff zu versorgen, nichts gebracht. Jetzt war sie selbst dran. Ihr wurde ein Verhältnis mit Wilhelm Geiger angedichtet.

Frische Ware für die Damen!

DER BETRIEBSAUSFLUG

Einmal im Jahr gönnten Ulf und Patrick Mayser ihren Angestellten einen netten Betriebsausflug.

An einem sonnigen Freitagmorgen im Mai wurde ein Bus gechartert, der die fünfzig Mitarbeiter ins Grüne bringen sollte.

Um 9.00 Uhr trafen sich alle vor dem Eingang der Lederwarenfabrik. Schon konnte es losgehen!

Senior- und Juniorchef waren sich da einig:

So ein schöner Ausflug wird wieder mehr Harmonie nach sich ziehen! Also alles Friede, Freude, Eierkuchen!

Tatsächlich war die Stimmung von Beginn an ausgelassen. Alle Streitereien im Büro waren wie von Zauberhand weggeblasen.

Im Bus wurden fröhlich Volkslieder geträllert.

»Warum ist es am Rhein so schön«, sang Hedwig Klein lautstark mit. In der Hand ein Piccolöchen!

Wieso Rhein?, dachte Lisa. Stand nicht auf dem Programm eine Fahrt nach Bad Neuenahr-Ahrweiler? Diese Stadt lag aber an der Ahr und nicht am Rhein. Okay, egal.

Bei bester Laune aller Personen verlief die Fahrt reibungslos.

Auch Luise Hopfner war wie ausgewechselt. Wo hatte sie ihre Contenance gelassen?

»Heute wird gefeiert!«, schrie Luise Hopfner und umarmte Frau Horn, die sich lachend auf Hedwig Klein schmiss.

Hm, dachte Lisa, wenn es sie glücklich machte.

Nach etwa fünfundvierzig Minuten erreichte der angemietete Bus ein ansprechend aussehendes Restaurant mit Blick über das Ahrtal.

»Wow! Sieht das toll aus.«

Isolde Klemm sprang als erste aus dem Bus.

Die Aussicht war wirklich wunderschön. Lauter Wiesen und Wälder, Steilhänge, Flussauen und die herrlichen Weinberge. Fantastisch!

Nur, was nutzte der schönste Blick auf die romantische Landschaft, wenn man gerne drinnen den allerbesten Beobachtungsplatz gehabt hätte?

So rannte Isolde vorneweg, damit sie die beste Ausgangsposition zum „Kollegen gucken" erhaschen konnte.

»Am besten da hinten links. Da haben wir alle im Visier.«

Frauke Horn, Luise Hopfner und Hedwig Klein folgten ihr und besetzten schnell einen Vierertisch.

Für Lisa war da kein Platz mehr. Aber warum auch? Dann hätte man ja nicht so über die Ärmste herziehen können.

Am liebsten wäre Lisa sowieso mit Annette Feldbach zusammen gewesen, aber die liebe Kollegin musste kurzfristig wegen einer Familienangelegenheit absagen. Klar, das konnte

Lisa sehr gut verstehen. Die Familie ging immer vor.

»Kommen Sie, setzen Sie sich zu uns«, hörte Lisa die Empfangsdame, Frau Schäfer, sagen. Sie war wieder ziemlich aufgedonnert. Den Lippenstift, wie immer, über den Lippenrand geschminkt. Rot war offenbar ihre Lieblingsfarbe, denn nicht nur der Lippenstift war rot, sondern auch das weite Kleid, das Frau Schäfer trug.

Sie hatte zwar einen eigenartigen Schminkund Kleidungsstil, aber diese Kollegin war wirklich nett und höflich.

Am Tisch nahmen neben Lisa und Frau Schäfer noch die Küchenfee Rita und eine unbekannte Dame aus der Produktion Platz.

Auf einer kleinen Bühne stand der Seniorchef und begrüßte herzlich seine Mitarbeiterinnen und Mitarbeiter. Recht schnell wünschte er allen einen schönen Ausflug und guten Appetit!

Wie so oft, bekamen alle Mitarbeiter ein Gläschen Sekt. Alkohol löste bei manchen Leuten die Zunge und das war sicher gut für das Betriebsklima!

Punkt 12 Uhr gab es Mittagessen.

Es war fast so wie in der Kantine. Nur wurde heute Mittag ein Drei-Gang-Menü serviert.

Als Vorspeise gab es eine Rindfleischsuppe. Die sah lecker aus und schmeckte auch so gut.

Fünfzehn Minuten später kam der Hauptgang auf den Tisch. Wiener Schnitzel mit Spargel, Sauce Hollandaise und Petersilienkartoffeln.

Zum Dessert wurde ein Vanilleeis mit heißen Kirschen gereicht.

Das sah schon alles anders aus als dieses komische Fertigessen in der Kantine. Das musste selbst Rita aus der Küche zugeben.

»Dat schmeck anders, nee.«

Das schmeckte wirklich anders, da konnte Lisa der Küchenfee nicht widersprechen.

Unüberhörbar schmatzte Oswald Prinz am Nebentisch. Mit Mühe wischte er sich die Sauce von seiner Krawatte. Klappte nicht ganz und Lisa musste etwas schmunzeln.

Wieso er sowieso bei einem Freizeitvergnügen eine Krawatte trug, war ihr schleierhaft.

»Jetzt noch ein leckeres Schnäpschen hinterher«, meinte Frau Schäfer, nachdem sie sich den letzten Rest der Kirschsoße vom Mund abwischte.

Autsch! Jetzt war der ganze „schöne" Lippenstift fast weg.

Nicht gerade ladylike zog Frau Schäfer ihre Schminkutensilien aus ihrer roten Handtasche heraus und zog die Lippen noch am Tisch nach.

Oh, macht man das?, dachte Lisa.

Aber Frau Schäfer hatte damit kein Problem und pinselte fröhlich weiter über ihre Lippen, frei nach dem Motto: Darf es noch ein Viertelpfund mehr sein.

Das kleine Körnchen danach wurde serviert und es brannte in Lisas Rachen. Sie trinkt doch normalerweise nichts, aber sie wollte hier keine Spielverderberin oder Außenseiterin sein. Vielleicht hob das Schnäpschen ja auch bei ihr die Stimmung ein wenig.

»Dat is jot, nee!«, meinte Rita und prostete Lisa zu.

Lisa hatte nur eins im Sinn: Jetzt nur nicht aufstehen. Ich vertrage doch nichts!

Nach dem Schnaps noch einen leckeren Milchkaffee und Lisas Kopf war wieder frei.

»Wir gehen jetzt noch mal eine Runde ins Städtchen. Schließlich müssen wir das Essen verdauen«, fand Frau Schäfer.

Lisa hatte nichts dagegen und die vier Damen vom Tisch marschierten in Richtung Stadtteil.

Isolde Klemm, Luise Hopfner, Hedwig Klein und Frauke Horn wollten auch in die Stadtmitte und gingen schon mal voraus.

Beim Vorbeigehen entdeckte Frau Schäfer den Kurpark von Bad Neuenahr-Ahrweiler.

Rita Schmitz hatte aber ein Problem damit, für den Eintritt Geld zu bezahlen.

Drei Euro waren ihr zu teuer.

Widerwillig ließ sie sich doch zum Eintritt in den Kurpark überreden, denn ihr taten die Füße weh.

In dieser schönen Parkanlage hatte Rita nicht nur bunte Blumenbeete, sondern auch viele Sitzplätze und Liegemöglichkeiten entdeckt. Da konnte sie sich schön in die Sonne setzen und ausruhen. Herrlich!

Währenddessen machte Lisa einen kleinen Spaziergang und kam an einem Kneippbecken vorbei.

»Wassertreten ist gut für den Kreislauf«, hörte sie eine sehr tiefe Männerstimme sagen.

Als Lisa sich umdrehte, erkannte sie Arne Wild, den neuen Vertreter in der Firma.

Unbemerkt war er ihr gefolgt und leistete ihr auf einer Bank Gesellschaft.

Das war Lisa nun gar nicht recht.

Och nee, das ist dieser Beatle mit Schiebedach.

Auffällig war seine Frisur, besser gesagt, was er unter einer Frisur verstand. Oben war nichts und ringsherum alles.

Obwohl Lisa lieber alleine gewesen wäre, wollte sie nicht unhöflich sein und ließ den aufdringlichen Herrn Wild reden.

Nach zehn Minuten stand Lisa auf und beendete den lästigen Smalltalk, denn Arne Wild kam immer näher und näher. Viel zu nah, fand Lisa, und machte sich auf den Weg zur Trinkhalle, die ein Herzstück des Kurparks ist.

Leider ließ sich Arne Wild nicht so einfach abwimmeln und er klebte wie eine Klette an ihr.

»Wohin jeste?«, fragte Rita Schmitz und blinzelte in die Sonne.

»Zur Trinkhalle. Da gibt es gutes Heilwasser mit vielen wertvollen Mineralien«, verriet Lisa.

Rita richtete sich auf.

»Is dat teuer?«

»Nein, nein, das kostet nichts. Soll ich Ihnen ein Glas mitbringen?«

»Jo«, war Ritas knappe Antwort. Sie war heilfroh, dass sie das gute Wasser umsonst kriegte.

Schließlich verdiente sie bei Maysers auch nicht die Welt.

Den Nachmittag gestalteten die Mitarbeiter frei.

Einige verbrachten diese freie Zeit im Spielkasino, so wie der Juniorchef Patrick Mayser.

Er und Herr Fuchsbauer versuchten, sich zu übertrumpfen. Jeder wollte mehr gewinnen als der andere.

Bei Patrick Mayser betrug der Gewinn 50 Euro und Herr Fuchsbauer schaffte es sogar auf 100 Euro.

Was für ein Glückstag!

Alle amüsierten sich prächtig.

Um 18.00 Uhr trafen sie alle wieder am Restaurant ein und freuten sich auf das Abendessen.

Dieses Mal gab es kein Menü, sondern der Seniorchef eröffnete das Buffet.

Erstaunlicherweise wollte keiner zuerst gehen.

Warum eigentlich nicht?

Nur Oswald Prinz machte sich nichts daraus und begann, sich Schweinebraten, Klöße, fette Soße und Bohnen im Speckmantel auf den Teller zu schieben.

»Da, da, guck doch, der kann es wieder kaum erwarten. Nachher klagt er wieder über Magenschmerzen und nimmt ne Kautablette«, schwätzte Isolde Klemm höhnisch.

Ah ja, genau aus diesem Grund war keiner vorher bereit, als erstes zum Buffet zu gehen. Niemand wollte Opfer einer Lästerattacke werden!

Ganz langsam standen die Mitarbeiter auf und die Schlange am Buffet wurde länger und länger.

Während der Schlacht am Buffet baute der Discjockey sein Equipment auf. Mit leichter Musik untermalte er die abendliche Stimmung.

Lisa verspürte ein menschliches Bedürfnis.

Als sie die Toilettentür öffnete kam ihr ein beißender Nebel entgegen.

Oh, nein, was war das denn?

Man konnte kaum atmen, so sehr versprühte da jemand sein Haarspray.

Klar, die Sekretärin vom Juniorchef. Jene Blondine, die sich mit Heiner Westpfahl vergnügte.

Boah, nee, das konnte man kaum aushalten.

Nix wie weg hier!

Nach dem Abendessen wurde das Tanzbein geschwungen.

Der DJ legte alte Schlager auf, die die Kollegen mitträllern konnten. Das eine oder andere Gläschen Wein kam dazu. Die Stimmung war ausgelassen und feuchtfröhlich.

»Darf ich um den nächsten Tanz bitten?«

Lisa sah in die braunen Augen von Arne Wild, der die junge Frau mit seinen lüsternen Blicken regelrecht verschlang.

Nein, nicht schon wieder der, dachte Lisa. Aber was blieb ihr sonst übrig? Ablehnen? Das machte man doch nicht und so ließ sie es ungerne geschehen.

Beim Tanz schmiegte sich Arne Wild wie selbstverständlich an Lisa, presste ihren Körper immer mehr an seinen heran. Ihren Widerstand verstand er so, dass sie noch mehr von ihm wollte. Widerspenstige Frauen wollen doch nur das „eine". Das war nicht nur seine Theorie.

Der Vater von zwei Kindern, die er von zwei verschiedenen Frauen angeblich hatte, prahlte mit seinen anderen Qualitäten, die er noch besitzen würde. Dabei kam er Lisa bedrohlich nahe.

Na ja, wie ein Adonis sah er nun nicht gerade aus.

Hauptsache, er fand sich unwiderstehlich.

Meine Güte, wäre er doch so atemlos, wie es gerade in dem Lied besungen wird, denn sein Mundgeruch war einfach nur ekelhaft.

Lisa war erleichtert, als der DJ endlich eine Pause machte. Für längere Zeit hatte sie dann hoffentlich Ruhe vor ihm und sobald die Musik erklingen würde, ging sie demonstrativ aufs Klo.

»Wäre das nicht ein Mann für Sie?«, hakte Frau Schäfer nach.

Lisa wehrte ab.

»Oh, nein, bestimmt nicht.«

»Sie sind aber doch Single, oder bin ich da falsch informiert?«, bohrte Frau Schäfer weiter.

Dieses Thema war für Lisa ad acta gelegt. Nach der Enttäuschung mit Sebastian und dem Reinfall von Heiner Westphal bestand nun wirklich kein Bedarf mehr. Jedenfalls vorerst nicht.

»Danke, ich bin zufrieden«, hörte sie sich antworten.

Zufrieden war sie sicher nicht, denn die große Liebe hatte sie sich immer anders vorgestellt. Dass der Prinz auf dem weißen Schimmel mal kommen würde, das war nur ein Kindheitstraum. Aber irgendwo wird er sein und wenn die Zeit reif ist, dann kommt auch ihr Traumprinz.

Natürlich hatte Isolde Klemm, die gerade am Tisch vorbeikam und schon einen im Tee hatte, zu diesem Thema etwas zu sagen.

»Meine Mutter hat letztens auf eine Zeitungsannonce geantwortet. Sie hat da einen wirklich netten Mann kennengelernt.«

»Das wäre nichts für mich«, meinte Lisa. Für sie stand fest, dass sie keinesfalls einen Mann durch ein Zeitungsinserat finden wollte. Wer das tun möchte, sollte es tun. Für Lisa war das eher keine Option.

Isolde wollte anfangen, mit ihr darüber zu diskutieren.

Gott sei Dank setzte die Musik wieder ein und Paul Förster forderte Lisa zum Tanz auf.

Der gute Mann aus der Produktion war zwar lieb und nett, aber er sang zu jedem Titel kräftig mit, während er Lisa beschwingt übers Parkett führte. Er hatte auch schon ein paar Weinchen zu viel, aber blieb wenigstens auf Abstand.

Der Seniorchef lächelte Lisa häufig zu. Aber sie hatte Angst, sein freundliches Lächeln zu erwidern, sonst wäre die Gerüchteküche wieder explodiert.

Nur niemandem den geringsten Anlass geben, wiedcr Gegenstand irgendwelcher Gerüchte zu werden.

Gegen Mitternacht begann die Rückfahrt nach Köln.

Im Bus lagen die meisten betrunken in den Sitzen.

Manche konnten gar nichts mehr sagen und schnarchten vor sich hin. Andere lallten nur dummes Zeug. Aber das taten viele auch ohne angetrunken zu sein.

Der superschöne Heiner hatte wieder eine neue Eroberung aufgegabelt und steckte andauernd der kleinen Brünetten aus der Produktion die Zunge in den Hals.

Dass er dieses Mal keine Blondine genommen hat, dachte Lisa und es ekelte sie einfach nur an.

Boah, der lässt auch keine Gelegenheit aus. Angewidert schaute sie aus dem Fenster in die dunkle Nacht hinein.

Letztendlich kam Lisa zu dem Schluss, dass manche Kolleginnen und Kollegen im Grunde genommen irgendwie Knalltüten ähnelten.

Die Bedeutung der Knalltüte hatte sie kürzlich in einer Zeitschrift beim Friseur gelesen. Knalltüte nennt man auch Klatsche. Im Berufsleben konnte man nun eben oft eine Klatsche kassieren, sei es durch Worte oder Taten.

Nicht zu vergessen die Tüte vom Bäcker, die konnte man auch als Knalltüte bezeichnen. Aufgeblasen, heiße Luft drin und dann knallt`s!

Nun ja, Lisa wollte sicher niemanden beleidigen. Aber sie erinnerte sich daran, dass es Leute gab, die das Wort „Knalltüte" für einen sehr dummen Menschen benutzten.

Dumm waren ihre Kolleginnen und Kollegen sicher nicht, eher jede/r clever auf ihre/seine ganz besondere Art!

Lisa war froh, als der Bus endlich am Ausgangspunkt in Köln-Marsdorf um die Ecke bog.

Dort stand Eloise mit ihrem kleinen weißen VW up und holte sie ab.

Glücklich umarmte sie ihre ältere Schwester und schlief selig auf dem Beifahrersitz ein.

Gute Nacht! Bis morgen früh in diesem Theater!

GEBURTSTAGSÜBERRASCHUNG

Einen Monat später feierte Lisa ihren 28. Geburtstag!

Es war ein herrlicher Sommermorgen. Diesen besonderen Tag wollte sie mit ihrer Familie zusammen feiern.

Da sie keinen freien Tag bekommen hatte, wollte sie am Nachmittag mit ihren Liebsten in den Stadtwaldgürtel gehen, ein wenig die Seele baumeln lassen und abends auf der heimischen Terrasse grillen.

Mit einem nassen Schmatzer wurde sie bereits von ihren beiden Lieblingen Max und Moritz geweckt.

Ihre Eltern schenkten ihr ein neues Multi-Funktions-Radio in modernem Design mit echtem Bambus sowie mit Datum- und Temperaturanzeiger.

Von ihrer Schwester bekam sie eine silberne Kette mit einem Glückskleeblatt.

Lisa war total happy.

Frühmorgens um sieben hatte ihr Bruder aus Spanien angerufen und ihr gratuliert. Sein Geschenk sollte sie sich im nächsten Urlaub selbst abholen.

Prima, nichts lieber als das. Mindestens einmal pro Jahr fuhr Lisa zu ihrem Bruder und wenn er genug Zeit hatte, dann besuchte er seine Familie in Deutschland.

Auf dem Weg zur Arbeit grübelte Lisa ein wenig.

Ob die Kollegen an meinen Geburtstag denken?, fragte sie sich.

Vielleicht bekomme ich sogar ein Geschenk?

Doch warum sollten Sie das tun?

Das Verhältnis hatte durch diese miesen Gerüchte sehr gelitten und es war alles nicht mehr so wie am Anfang.

Im Flur begegnete sie Isolde Klemm, die nur hämisch grinste.

Ohne ihr zu gratulieren, rannte Isolde in die Kaffeeküche.

Na, sie hatte den Geburtstag schon mal vergessen.

Aber was sollte sie auch erwarten? Am besten gar nichts, dann konnte sie nicht enttäuscht werden.

Niemand verlor ein Wort über ihren Geburtstag und Lisa verbrachte still und leise diesen Vormittag mit ihren Rechnungen.

Kurz vor der Mittagspause stand auf einmal eine Abordnung von Kolleginnen und Kollegen in ihrem Zimmer.

Ganz vorne Isolde Klemm, dann Hedwig Klein, Luise Hopfner, Frauke Horn und auch Herbert Fuchsbauer. Nina Huth war sowieso im Raum, hatte bislang aber geschwiegen, wie so oft.

»Alles Gute zum Geburtstag, liebe Frau Morgenthau.«

Herbert Fuchsbauer streckte ihr die Hand entgegen. Er konnte richtig höflich sein.

»Hier haben wir ein kleines Geschenk für dich«, grinste Isolde Klemm und reichte Lisa eine rechteckige, kleine Schachtel.

Das weiße Geschenkpapier mit gelben Punkten kam Lisa sehr bekannt vor, denn das konnte man sich gratis im Drogeriemarkt an der Ecke mitnehmen.

Freundlich bedankte sich Lisa bei allen, obwohl sie das Dauergrinsen von Isolde stutzig machte.

»Vielen Dank. Das ist sehr nett.«

»Wenn du gleich alleine bist, dann kannst du unser Geschenk ja öffnen. Lass dir ruhig Zeit damit«, fand Isolde großmütig.

Höflich lud Lisa am Nachmittag zu Kaffee und Kuchen ein. Das macht man doch so, dachte Lisa, obwohl ihr irgendwie mulmig zumute war.

Als alle, bis auf Nina Huth, den Raum wieder verlassen hatten, betrachtete Lisa noch einmal ihr Geschenk.

Hm, was ist wohl in der Schachtel?, dachte Lisa und öffnete neugierig das Geschenk der lieben Kollegen.

Bei näherem Betrachten stellte sie fest. Das ist ein Schuhkarton! Die werden mir doch wohl keine Schuhe geschenkt haben!

Gespannt öffnete sie diesen Karton.

Sie traute ihren Augen nicht. Da lagen lauter Briefe drin. Sollte das ein schlechter Scherz sein? Was hatten sich die „reizenden" Kolleginnen und Kollegen denn da schon wieder ausgedacht?

Langsam und ungläubig nahm Lisa den ersten Brief in die Hand. Dieser Brief war an eine Chiffre-Adresse gerichtet. Vielleicht haben die

Kollegen da auch etwas verwechselt, dachte sie und packte weiter aus.

Da kam ein zweiter Brief zum Vorschein. Auch wieder mit dieser Chiffre-Adresse. Was sollte das denn?

Die sonst so wortkarge Nina Huth sah das blanke Entsetzen in Lisas Augen.

»Da haben die Kollegen wohl ins Fettnäpfchen getreten.«

Wieso Fettnäpfchen? Zunächst verstand Lisa überhaupt nichts mehr.

»Das sieht mir arg nach Verkupplungsversuch aus«, meinte Nina Huth und leider hatte sie recht.

Der nächste Brief roch nach Moschusparfüm, aus dem Kuvert fiel ein Bild. Der Mann mit dem sehnsüchtigen Blick auf dem Foto war halb nackig.

»Die wollen mich tatsächlich verkuppeln.«

Die Galle der sonst so sanftmütigen Lisa lief nun buchstäblich über.

Hatte sie nicht noch kürzlich beim Betriebsausflug gesagt, dass solche Annoncen nichts für sie sind? Waren denn alle taub hier?

Nein, taub waren sie nicht, aber es war pure Absicht!

»Die sind doch wohl total bescheuert. Das grenzt ja an Mobbing!«, schrie die aufgebrachte Lisa und Nina Huth konnte nur zustimmend nicken.

Wutentbrannt verließ Lisa samt tollem Geschenk den Raum und verschwand in die Mittagspause.

Ihr Weg führte direkt zum nächstbesten Müllcontainer.

»Es tut mir leid, meine Herren, aber ich kann nicht anders«, murmelte sie.

Deckel auf! Briefe weg! Deckel zu!

In der nahegelegenen Eisdiele gönnte sich Lisa einen Milchkaffee und frischen Käsekuchen.

Die ach so tollen Kollegen können lange warten, bis ich einen ausgebe, dachte sie, und stopfte sich ein zweites Stück Kuchen in den Mund.

Vor lauter Frust bestellte sie sich noch ein gemischtes Eis mit Sahne. Man gönnt sich ja sonst nichts!

Wenn ich morgen ein paar Kilos mehr auf der Waage habe, na und! Bei so viel Wut verbrennt der Körper mehr Kalorien. Basta!

Nach gut achtundvierzig Minuten kehrte Lisa an ihren Arbeitsplatz zurück.

Na ja, drei Minuten zu spät! Was solls! Andere machen oft mehr als eine Stunde Pause und keiner sagt was dazu.

Es pochte und hämmerte in Lisas Kopf. Nicht nur ihre Gedanken spielten dabei eine Rolle, sondern auch das viele Eis. Migräne machte sich breit. Oh je, und das an ihrem Geburtstag.

Hätte ich nicht so viel aus Frust gefressen, würde es mir besser gehen, ärgerte sich Lisa.

Schnurstracks ging sie in Herbert Fuchsbauers Büro.

»Mir ist übel, ich habe Migräne. Kann ich bitte früher nach Hause gehen?«, fragte sie nicht zaghaft wie sonst immer, sondern recht forsch.

Natürlich war das dem Chef nicht recht, aber er drückte an ihrem Ehrentag mal ein Auge zu und willigte ein. Vielleicht meldete sich auch sein schlechtes Gewissen, denn er war an dem Geburtstagsgeschenk nicht unbeteiligt gewesen.

»Ausnahmsweise.«

»Danke. Bis morgen.«

Schon drehte sich Lisa auf dem Absatz um, packte ihre Sachen zusammen und verließ das Gebäude.

Den Rest des Tages verbrachte Lisa mit ihrer Familie.

Sie erzählte nichts von dem Vorfall und wollte einfach nur einen schönen Geburtstag feiern.

Keiner wunderte sich, dass Lisa so früh zu Hause war, denn alle glaubten, sie habe sich für den Nachmittag frei genommen.

Mit ihren Eltern, ihrer Schwester, Max und Moritz verbrachte sie einen wunderbaren restlichen Tag im Garten. Es wurde gegrillt, ihre Mutter servierte ihren hausgemachten Nudelsalat.

Perfekt! Mehr brauchte Lisa nicht, um glücklich zu sein. So wurde ihr Geburtstag doch noch gebührend gefeiert.

Am nächsten Morgen brummte ihr Schädel gewaltig, denn sie hatte am Abend ein Gläschen Rotwein getrunken. Aber sie vertrug doch nichts.

Egal, gestern musste das einfach sein.

Seit Tagen schon fühlte sich Lisa wie durch den Fleischwolf gedreht.

Sie war einfach urlaubsreif!

So nahm sie allen Mut zusammen und ging sofort zu Herrn Fuchsbauer, bevor sie es sich noch anders überlegte und nachgab.

»Ich möchte gerne für die nächsten drei Wochen in Urlaub fahren. Geht das?«, hörte sie sich sagen.

Heute klang ihre Stimme bestimmend und selbstbewusster, nicht so wie das kleine Mäuschen, das alle kannten.

Aus die Maus, das ist jetzt endgültig vorbei. Das hatte sich Lisa gestern für ihr neues Lebensjahr geschworen.

Auch Herrn Fuchsbauer fiel diese Veränderung auf. Insgeheim freute er sich über Lisas Verwandlung, denn er hegte mehr Sympathie für sie als ihr bewusst war. Nur konnte er das gut verstecken.

»Sie haben Glück, Frau Morgenthau. Für die nächsten drei Wochen hat niemand Urlaub eingereicht. Selbstverständlich können Sie sich ab sofort Urlaub nehmen. Machen Sie nur die restlichen Rechnungen fertig, dann können Sie gehen.«

Klar, nie etwas ohne Auflagen!, dachte Lisa, aber sie war froh, dass es mit dem Urlaub klappte.

Wortlos schrieb sie schnell die „heißgeliebten" Rechnungen.

Meine Güte, bin ich eigentlich Aschenputtel?, fragte sie sich selbst und ließ die Finger schneller über die Tastatur laufen.

Hier noch eine Rechnung, da noch eine Rechnung und dann darf die gute Lisa gehen.

Einen Tag später saß sie im Flieger nach Almeria. Endlich Ruhe, Entspannung, alles hinter sich lassen!

Plötzlich fühlte sie sich frei und glücklich.

Am Flughafen wurde Lisa von ihrem geliebten Bruderherz, ihrer Schwägerin und der süßen, kleinen Tochter Marina abgeholt.

»Hola. Bienvenido!«

Küsschen links, Küsschen rechts.

»Ach, Schwesterchen, es ist so schön, dich in den Armen zu halten.«

Frag mich erstmal, dachte Lisa. Aber sie lächelte nur.

Im roten Jeep ihres Bruders fuhren die vier durch die herrlichen Täler von Almeria. Unter den Plastikfolien wurden Tomaten, Gurken, Paprika, Wasser- und Honigmelonen, Salat, Zucchini, Auberginen und grüne Bohnen herangezogen.

Dass sich ihr Bruder hier sehr wohl fühlte, konnte Lisa gut verstehen.

Im 80.000 Seelen Örtchen El Ejido wurde sie herzlich begrüßt.

Die Eltern ihrer lieben Schwägerin Carmen, deren Freunde und Bekannte umarmten Lisa, als ob sie sich ein Leben lang schon kennen würden.

Hier war nichts gespielt, nichts übertrieben, einfach alles menschlich und liebevoll.

Wunderschön, so etwas Tolles zu erleben.

Wie hatte sie das vermisst!

Am Abend wurde zu Lisas Ehren eine richtige spanische Fiesta gefeiert.

Der Sangria floss in Strömen und die ausgelassene Stimmung war für Lisa reinster Balsam für die Seele.

Ihre Schwägerin bereitete eine leckere Paella zu. Reis gehörte sowieso zu Lisas Lieblingsgerichten.

Köstlich!

Lisa fühlte sich wie zu Hause. Wie ihr Bruder liebte sie Spanien über alles und hatte ein zweites Zuhause gefunden. Die lebensfrohe Art der Menschen, die dort lebten, war einfach toll.

Selbstverständlich entging ihrem Bruder nicht, dass seine Schwester aufblühte, sobald sie spanischen Boden betrat.

Deshalb hatte er ein ganz besonderes Geburtstagsgeschenk für sie.

»Liebes Schwesterherz«, begann er seine Rede und stockte, denn er hatte Tränen in den Augen. Dieser Moment war für ihn emotional, denn er war ein absoluter Familienmensch. Wie alle in der Familie Morgenthau.

»Also, liebe Lisa«, fing er noch einmal an, »ich habe da etwas für dich.«

Oh Gott, dachte Lisa, hoffentlich will er mich nicht auch noch verkuppeln.

Aber schnell verflog dieser Gedanke wieder. Das würde ihr Bruder niemals tun.

Voller Stolz präsentierte ihr Bruder sein Geschenk.

»Ich schenke dir fünf Prozent Anteile an der Obst- und Gemüseplantage.«

»Wow! Was?« Lisa wusste gar nicht wie ihr geschah.

Das war eine wirklich tolle Geburtstagsüberraschung.

Freudestrahlend fiel sie ihrem Bruder um den Hals.

»Muchas gracias. Danke, danke, danke.«

Alle applaudierten und freuten sich mit ihr.

Was für eine Herzlichkeit!

Lisa war einfach nur überwältigt.

IST DAS SO?

Diese drei wunderschönen Wochen in Almeria verflogen leider viel zu schnell und der Flieger ab nach Köln landete pünktlich an einem Sonntagnachmittag.

Der Gedanke, am nächsten Tag wieder in die Firma gehen zu müssen, löste in Lisa ein mulmiges Gefühl aus.

Mit ihren Eltern, Eloise und den beiden Hunden verbrachte sie noch einen ruhigen Abend. Es gab viel zu berichten von ihrer Reise.

Als sie jedoch am Montagmorgen die Firma Mayser betrat, wurde sie das Gefühl nicht los, dass man ihr Eisenketten an den Füßen angelegt hatte. Ein riesengroßes beklemmendes Gefühl begleitete Lisa!

Die Leichtigkeit, die sie einmal verspürte, auch als sie gerade hier im Büro angefangen hatte, war irgendwo und irgendwie abhandengekommen.

Jeder Schritt, der sie näher zu ihrem Zimmer brachte, fiel ihr schwer.

Welche Konflikte es wohl wieder gegeben hatte oder noch geben würde?, dachte Lisa. Am liebsten wäre sie wieder umgekehrt.

Doch sie musste einem Job nachgehen, für ihre Rente später sorgen, so wie das jeder tun muss. Welche Wahl hätte sie gehabt?

»Ah, da sind Sie ja wieder! Fit und munter?«, fragte Frau Schäfer vom Empfang.

»Ja, danke«, antwortete Lisa höflich.

Es war eine knappe Antwort, aber sie hatte sich geschworen, dass sie es weiter durchzieht und nicht mehr so viel von sich selbst preisgibt.

So oder so würde alles verdreht werden!

Also frei nach der Devise: Augen zu und durch!

Lisa betrat ein leeres Büro. Glücklicherweise war Nina Huth nicht da und Lisa hatte das Zimmer für sich alleine.

Als sie gerade ihre Jeansjacke in den Schrank hängen wollte, stand Isolde Klemm im Raum.

»Morgään. Na, auch wieder im Lande?«

Wie man unschwer erkennen kann, dachte Lisa.

»Auch ein Käffchen?«

Isolde war so freundlich wie schon lange nicht mehr und knallte mit ihrem dicken Hintern auf Frau Huths Stuhl.

»Nein, danke.«

»Oh, so kurz angebunden«, frotzelte Isolde und zwängte Lisa ein Gespräch auf.

»Na, wie war es denn bei den Stieren?«, wollte Frau Klemm nun endlich wissen, schlürfte an ihrem Kaffee und aß ein paar Kekse.

»Gut, danke.«

Lisa setzte sich auf ihren Stuhl und schaltete ihren Computer an.

»Boah, bist du heute einsilbig! War denn der Urlaub nicht schön?«, bohrte Isolde weiter.

»Doch, der Urlaub war sogar sehr schön.«

Mehr wollte Lisa dazu nicht sagen. Punkt!

Isolde Klemm zeigte sich ziemlich unbeeindruckt und musste ihre Wörter einfach loswerden.

»Ach, das Neueste vom Neuesten weißt du ja noch gar nicht. Frau Horn ist schwanger.«

»Aha, wie schön für sie.«

»Halt dich fest, der Fuchsbauer soll der Vater von dem Balg sein. Da staunste, was?«

Achselzuckend nahm Lisa ihren mitgebrachten Bananenshake aus der schwarzen Lederhandtasche.

»Glaube ich nicht. Die sind doch miteinander verwandt.«

Warum ließ sie sich überhaupt zu so einem Satz hinreißen? Sie konnte und wollte sich gar kein Urteil darüber bilden. Nachher hatte sie wieder etwas gesagt, was gar nicht so war. Egal!

Lisa, mach deine Arbeit, geh pünktlich nach Hause, der Rest ist dir egal, dachte sie und motivierte sich innerlich selbst, einfach weiterzumachen.

»Wieso? Glaubste mir das nicht?«

Nachdem Isolde endlich festgestellt hatte, dass sie bei Lisa nicht weiterkam, wackelte sie beleidigt aus dem Raum.

Und tschüss, dachte Lisa.

Jetzt konnte sie in aller Ruhe mit ihren Aufgaben starten.

Die Ruhe hielt nicht lange an!

Wäre auch zu schön gewesen, wenn sie einfach nur in Ruhe hätte arbeiten können!

Es vergingen keine zehn Minuten, da lief Frau Horn schon Amok.

»Wenn Ihnen der Urlaub nicht bekommen ist, dann brauchen Sie dumme Gans das gefälligst nicht an mir auszulassen.«

Hoppla, was war denn jetzt wieder los?

Eh Lisa sich versah, polterte die Kollegin munter weiter.

»Mein Kind ist im Übrigen von meinem Mann, damit Sie Bescheid wissen!«

Bums! Die Tür knallte hinter Frauke Horn zu.

Ja, das war doch mal wieder eine nette Begrüßung. Willkommen zurück im Irrenhaus, liebe Lisa!

Fängt diese Sch…. wieder an? Sie konnte es nicht fassen. Lernen diese Leute denn gar nichts dazu?

Ist wie im Kindergarten hier.

Mehr und mehr zog sich Lisa zurück und konnte Nina Huth, die alle für eine Außerirdische hielten, immer besser verstehen.

Kein Wunder, dass sich die Kollegin aus allem heraushielt. Das war auch besser so.

Lisa wollte zwar mit jedem einen guten Kontakt pflegen und höflich sein, aber das war hier offenbar nicht üblich.

So vergingen die Wochen, die Tage, die Stunden.

Tagein, tagaus, das gleiche Spiel.

Aufstehen, sich zurechtmachen, frühstücken, zur Arbeit fahren, acht Stunden mehr oder weniger Rechnungen schreiben, ab und an telefonieren, fünfundvierzig Minuten Mittagspause, um 16.00 Uhr Feierabend, dann wieder nach Hause fahren, mit den Hunden spazieren gehen, Abendessen, Fernsehen, Schlafen gehen.

Am nächsten Morgen dann die gleiche Prozedur!

Der neueste Clou ihrer „lieben" Kolleginnen war, dass sie Lisa die Schuld am durchaus schlechten Betriebsklima gaben. Dabei sorgten sie selbst für diesen Wirrwarr und den Streit untereinander.

An diesem trüben Freitagmorgen hatte Lisa einen Termin beim Personalchef.

Zaghaft betrat sie den Raum. Sie hatte ein ungutes Gefühl.

Der Raum befand sich auf der oberen Chefetage, unweit vom Büro des Seniorchefs entfernt.

An der Einrichtung seines Zimmers konnte man erkennen, dass er ein warmherziger Mann war. Frische Sonnenblumen zierten seinen Schreibtisch und die Fensterbänke.

Ah, man merkt sofort, dass er ein netter Mensch ist, denn Sonnenblumen stehen für Freundlichkeit, stellte Lisa fest.

Bilder von seiner Frau und seinen Töchtern standen rechts auf dem Schreibtisch. Also ein Familienmensch, genau wie Lisa selbst.

»Guten Morgen, Frau Morgenthau. Ich muss Sie leider um diese Unterredung bitten«, begann Daniel Mey zögerlich.

»Setzen Sie sich doch«, freundlich bot er Lisa den Stuhl gegenüber seinem Schreibtisch an.

Er ließ sich nicht anmerken, dass er eigentlich Mitleid mit der scheuen Lisa hatte, aber als

Personalchef musste er jeder Beschwerde energisch entgegentreten.

»Frau Morgenthau, mir sind da ein paar sehr unschöne Dinge zu Ohren gekommen, die ich mit Ihnen besprechen muss.«

Seine Stimme klang ein wenig unruhig.

»Sie stiften Unruhe im Team«, hörte sie ihn sagen.

»Team, welches Team?«, fragte Lisa leise.

Herr Mey sah Lisa eindringlich an.

»Sie kommen mit den Kolleginnen und Kollegen nicht so gut zurecht. Stimmt das?«

»Ja, aber….«

Bevor die immer blasser werdende Lisa den Satz zu Ende bringen konnte, stürmte Herbert Fuchsbauer ins Zimmer.

Ohne Wenn und Aber setzte er sich auf den Stuhl neben Lisa und führte bestimmend das Gespräch weiter.

»Sie sind introvertiert und doch immer so mitteilungsbedürftig. Setzen einfach Unwahrheiten in die Welt.«

Lisa verstand die Welt nicht mehr. Oder war er doch der Vater von Frauke Horns Baby und deshalb so aufgebracht? Soll mir auch egal sein, Hauptsache ihr lasst mich endlich alle in Ruhe, dachte sie nur.

Da brüllte Herr Fuchsbauer weiter im Text.

»Sie stören den Betriebsablauf, bringen Mitarbeiter gegeneinander auf. So geht das nicht.«

»Ja, aber….«, setzte Lisa erneut an und kam nicht weiter.

Herr Fuchsbauer fuhr ihr wieder über den Mund.

»Wir haben uns entschlossen, dass Sie besser nicht mehr im Einkauf tätig sind.«

Stille! Herbert Fuchsbauer hatte gesprochen!

Lisa war fassungslos. Die Unverfrorenheit der anderen wurde gebilligt und offenbar auch noch gefördert. Wenn ihr jetzt die Kündigung ins Haus flattert, okay. Wäre auch gut. Sie hatte eh hier nichts mehr zu suchen.

Aber es kam anders!

»Tun Sie, was Sie nicht lassen können«, sprudelte es aus ihr heraus.

»Wir wollen Ihnen aber nicht kündigen, Frau Morgenthau«, lenkte der Personalchef ein.

»Sie arbeiten gut und schnell, als Arbeitskraft wollen wir Sie nicht verlieren.«

Erstaunt stellte Lisa fest, dass auch Herr Fuchsbauer zustimmend nickte.

Doch er wäre nicht Herbert Fuchsbauer, wenn er nicht noch einen draufsetzen würde.

»Ich bin enttäuscht von Ihnen, Frau Morgenthau. Aber als Arbeitgeber haben wir ein Weisungsrecht und sind berechtigt, sie zu versetzen. Ihre Zustimmung brauchen wir dazu nicht!«

Na, wie enttäuscht ich erst einmal bin, dachte Lisa, das interessierte hier kein Schwein.

Herr Mey lächelte.

»Die Stelle der Assistentin von unserem Juniorchef ist gerade freigeworden. Da könnten sie sofort anfangen, wenn Sie mögen noch heute.«

Und ob Lisa das mochte. Nichts wie weg von den ganzen Idioten.

»Ja, danke.«

Ob Heiner Westphal damit etwas zu tun hatte, dass diese Blondine, mit der er so rumgeknutscht hatte, nicht mehr da war?

Aber auch das sollte ihr egal sein, sie wollte einfach nur nach vorne schauen. Die Chance, in einer anderen Abteilung glücklicher zu werden, wollte sie jetzt ergreifen.

Also alles auf Anfang!

Lisa wollte nicht arbeitslos sein und wegen solcher blöden Puten schon erst recht nicht.

Wenn sie genauer überlegte, hätte ihr doch nichts Besseres als dieser Tausch passieren können.

So manche „übereifrige" Kollegin hätte sich um die Stelle in der Chefetage gerissen.

Wenn sich die Damen da mal nicht ins eigene Fleisch geschnitten hatten!

PATRICK, DER JUNIORCHEF

Kurzerhand packte Lisa in ihrem Büro alles zusammen und fuhr eine Etage höher.

Wow! Dieser lichtdurchflutete Raum des Juniorchefs sah so ganz anders aus, als das Plätzchen, wo sie bis jetzt „residieren" durfte.

Weißer Tisch, schwarzer Ledersessel, weiße Regale und Schränke, alles vom Feinsten.

Dieses Zimmer war doppelt so groß wie ihres eine Etage tiefer, welches sie sich mit der Kollegin hatte teilen müssen.

Wenn die Damen unten davon Wind bekommen, dann wird der Neid groß sein, war ihr erster Gedanke.

Ein amüsiertes Lächeln konnte sie sich in diesem Moment nicht verkneifen.

Das geschieht ihnen recht, sie haben es nicht anders gewollt!

Plötzlich stand der Juniorchef in der Tür.

»Hallo, Frau Morgenthau. Haben Sie sich schon eingelebt?«

Lisa lächelte ihn höflich an. Ach, ist der nett! Ein gepflegter Mann. Immer die Anzüge in elegant-klassischem Design. Und er duftete so gut!

»Ja, danke.«

Sein Händedruck war zart, eigentlich zu zart für einen Mann, dachte Lisa.

Aber warum sollte sie das stutzig machen?

Der sonst arrogant wirkende Typ erweckte nun den Eindruck eines sehr charmanten

Mannes, dessen gute Manieren im Verborgenen geschlummert hatten.

In seiner Gegenwart war Lisa auf einmal gar nicht mehr so schüchtern.

»Es ist wunderschön hier.«

»Oh, danke für das Kompliment. Wir tun für unsere Mitarbeiter, was wir nur können«, erwiderte er und lächelte Lisa an.

Klar, dachte Lisa, deshalb sitzen die unten auch alle so eng zusammen und die Tische und Stühle sind aus dem vorigen Jahrhundert.

Aber egal, sie fühlte jetzt so etwas wie menschliche Wärme um sich herum.

Sie wollte einfach nur nach vorne blicken.

»Möchten Sie Kaffee oder Tee?«, fragte Patrick Mayser höflich.

»Danke, aber das kann ich doch machen.«

Sie war es gewohnt, dass sie immer andere bedienen musste.

»Lassen Sie sich doch einfach von mir ein wenig verwöhnen. Ab morgen können Sie das gerne wieder übernehmen.«

Oh Mann, sein Lächeln war unwiderstehlich! Kneif mich mal einer, dachte Lisa.

»Danke, dann nehme ich gerne Kaffee mit Milch.«

Lisa staunte nicht schlecht, als der Juniorchef sich gleich fünf Stücke Zucker in den Kaffee warf. Oh, was für ein Süßer!

Beide nahmen in der rechten Ecke des Zimmers Platz. Dort standen zwei schwarze Ledersessel, ein runder Glastisch und eine echte, riesige Palme. Gemütlich!

»Ach, ich bin so froh, dass wir Sie für uns gewinnen konnten. Mein Vater schwärmt in den
höchsten Tönen von Ihnen. Darauf können Sie
sich etwas einbilden. Er ist nicht schnell mit der
Verteilung von Anerkennung.«

Patrick Maysers Gesicht verzog sich zu einer
leicht verhärmten Miene. Irgendetwas be-
drückte ihn, das spürte Lisa ganz deutlich.

Komisch, sie hatte den Seniorchef nur als
Gentleman kennengelernt. Aber sie konnte und
wollte sich nicht in das Privatleben ihrer Vorgesetzten einmischen. Das mussten Vater und
Sohn wohl mit sich selbst ausmachen.

»Wir beide werden das hier alles managen«,
grinste Patrick Mayser und trank hastig seinen
Kaffee aus.

»Bevor ich es vergesse, wir haben gleich ein
Meeting mit einem potentiellen, neuen Kunden. Ich hätte Sie gerne bei diesem Gespräch
dabei. Kommen Sie bitte einfach um 15.00 Uhr
in mein Büro.«

Der Juniorchef kniff Lisa ein Auge zu und sie
verschwand im Nebenraum.

Ein unwiderstehliches Lächeln. Einfach zum
Dahinschmelzen!

»Natürlich, gerne.«

Fasziniert von seinem Charme ließ sich Lisa
in ihren neuen Bürostuhl fallen. Er ist so ganz
anders, so liebevoll, so höflich, so nett. Der perfekte Chef!

Die geplante Besprechung verlief wunder-
bar. Der neue Kunde hatte nur Augen für Lisa,
die heute ihr Haar offen trug und in ihrem

neuen weich fließenden Sommerkleid entzückend aussah.

Er orderte gleich das Dreifache von dem, was er ursprünglich geplant hatte!

Das freute den Seniorchef ganz besonders.

»Wenn Sie so weitermachen, liebe Frau Morgenthau, dann engagiere ich Sie geradewegs als neue Verkaufsleiterin. Sie haben ein ganz erfrischendes Wesen, können mit Menschen umgehen. Respekt!«

»Da kann ich nur zustimmen. Sie machen mir nachher noch meinen Job streitig«, witzelte Patrick und legte ungeniert den Arm um Lisas Schultern.

Lisa wurde heiß, sehr heiß. So viel Lob und Anerkennung? Und die Berührung durch den Juniorchef! Ob es irgendwo einen Haken gab?

Aber sie streifte die Gedanken wieder ab. Was sollte denn da faul sein? Die beiden waren einfach nur sehr nett.

In dieser freundlichen Umgebung lebte Lisa sich schnell ein.

Innerhalb weniger Wochen war sie nicht nur die Assistentin des Juniorchefs, sondern auch die rechte Hand vom Senior.

Ein Superaufstieg! Wer hätte das gedacht?

Fuchsbauer und Co. wahrscheinlich am wenigsten.

In letzter Zeit überhäufte der Junior sie mit Blumen, vorwiegend Tulpen und die stehen für Zuneigung.

Auch Pralinen und Gebäck gehörten zu seinen regelmäßigen Geschenken. Lisa wusste gar nicht, wie ihr geschah! So hatte sie noch nie ein Mann verwöhnt.

Wollten die neuen Chefs vielleicht nachholen, was die anderen versäumt hatten?

Oder hatte Patrick Mayser ein Auge auf sie geworfen? Aber der konnte doch jede haben.

Wenn er in seinen hellen Anzügen und cooler Sonnenbrille in den silbermetallic Porsche 911 stieg, dann zog er sämtliche Blicke der Damenwelt auf sich.

So ein Supertyp interessiert sich bestimmt nicht für mich, dachte Lisa und schüttelte den Kopf und den Körper gleich mit dazu.

»Ist Ihnen kalt?«, fragte Patrick Mayser, der plötzlich ganz dicht hinter ihr stand.

Lisa konnte seinen Atem in ihrem Nacken spüren. Uuh! Es lief ihr eine wohlige Wärme über den Rücken. Jetzt nur nicht schwach werden, Lisa.

Und schon war es passiert!

Seine Finger der rechten Hand glitten sanft über ihren rechten Arm. Gänsehaut!

»Ich will dich«, hauchte er sanft in ihr Ohr.

Langsam trat er an Lisas rechte Seite und bevor sie etwas sagen konnte, zog er ihr Gesicht behutsam in seine Richtung und küsste sie leidenschaftlich.

Lisa versank in seinen Armen.

Die Schmetterlinge in ihrem Bauch flogen mit ihren Gedanken um die Wette.

Nein! Ja! Warum nicht? Vielleicht! Oder doch? Nein, besser nicht! Ohhhhh doch!

Ihretwegen hätten alle es sehen können!

Die lästernden Kolleginnen und Kollegen, egal, wo sie sich gerade im Haus befanden. Einfach alle!

Dann kriegten sie endlich wieder neues Futter, dachte Lisa und ihr war ganz warm ums Herz.

»Geh heute Abend bitte mit mir essen, ja.«

Wie konnte Lisa diesem Mann widerstehen? Nein, natürlich konnte sie es nicht.

»Ja, ich will«, flüsterte Lisa und genoss seinen zweiten Kuss.

Vor lauter Glück hätte sie die ganze Welt umarmen können.

Ich, Lisa, ich lebe, ich liebe! Sie war einfach nur glücklich.

Es folgten noch weitere gemeinsame Abende. Er war so zärtlich, so einfühlsam. Einfach ein Mann zum Niederknien!

Dass er noch nicht mit ihr geschlafen hatte, störte Lisa nicht im Geringsten. Im Gegenteil! Sie fand es sehr romantisch, dass er warten wollte. Nicht so einer, der gleich mit einem ins Bett steigt. Süß von ihm, einfach süß!

Natürlich war auch Ulf Mayser überaus begeistert, als er von der Beziehung zwischen seinem Sohn und der lieben Lisa erfuhr.

Eine Schwiegertochter ganz nach seinem Geschmack!

Drei Monate später lud der Senior ein paar Geschäftsfreunde, Verwandte, Bekannte und Freunde zu einer kleinen Gartenparty ins Maysersche Anwesen in Köln-Marienburg ein.

Endlich war die perfekte Frau für seinen Sohn gefunden und heute war ein ganz besonderer Tag: Die Verlobung seines einzigen Sohnes!

Das alles sehr schnell ging, störte Lisa nicht. Nur ihre Eltern und Schwester waren nicht gerade begeistert, denn sie wussten, dass Lisa sich gerne um den Finger wickeln ließ.

Alle Warnungen schoss Lisa in den Wind. Sie schwebte auf der rosaroten Wolke der Liebe.

Sie war sich ganz sicher. Er war der Richtige! Endlich!

Zieh das rote Cocktailkleid an, dass ich dir letztens aus Mailand mitgebracht habe. Ich möchte mit dir angeben, hatte er gestern gesagt. Dass er ihr vorschrieb, was sie zu tragen hatte, empfand sie nicht als Bevormundung, sondern eher wieder süß.

In diesem Kleid mit Schleppe und Carmenausschnitt sah sie aus wie eine Märchenprinzessin!

Bei ihrem Anblick wurden sämtliche Männerherzen schwach.

Lisas Vater beobachtete alles ganz genau. Er hatte Angst um seine Kleine. Aber er wollte ihr nicht das Glück verbauen, an das sie aufrichtig glaubte. Sie war alt genug, um ihre eigenen Entscheidungen zu treffen.

»Du siehst einfach bezaubernd aus«, fand der angehende Schwiegervater und begleitete Lisa zu seinen anderen Gästen.

»Das ist ja mal ein nettes Häuschen«, frotzelte Lisas Schwester.

Eloise, die zur Feier des Tages ein Kleid mit apartem Blumenmuster trug, staunte nicht schlecht.

Die Villa verfügte immerhin über sehr stolze sechs Schlafzimmer, dazu sechs Bäder, einen Salon für Gäste, eine Bibliothek, ein Esszimmer mit einer langen Tafel, ein riesengroßes Wohnzimmer mit Kamin und einer modernen Küche.

Alles war viel größer und schöner als die Räumlichkeiten, in denen Lisa zu Hause war.

»Oh, wie schön, dass ihr da seid.«

Lisa freute sich, ihre Lieben zu sehen und reichte jedem ein Glas Sekt. Eigentlich war es die Aufgabe des engagierten Butlers. Aber an diese Gepflogenheiten musste sie sich wohl erst gewöhnen.

Ein Mineralwasser hätte es auch getan, fand Lisas Mutter, aber in den Kreisen, in denen ihre Tochter jetzt verkehrte, war ein Glas Champagner oder Sektchen üblich.

Der Senior konnte die Bekanntgabe der Verlobung gar nicht abwarten und so dauerte es nicht lange, bis er die wundervolle Nachricht bekanntgab.

»Auf meinen einzigen Sohn Patrick und seine reizende Braut Lisa. Mögen sie glücklich werden und mir viele Enkelkinder schenken!«

Enkelkinder? Über Kinder hatten Patrick und sie noch gar nicht gesprochen! Ohne Miteinander zu schlafen würde das auch schwierig werden. Aber kommt Zeit, kommt Rat, dachte sie. Warum sollten wir keine Kinder kriegen?

Patrick stand mit versteinerter Miene neben ihr und nippte gedankenverloren an seinem Glas.

Es war ihm sichtlich peinlich und Lisa lächelte ihn mit ihren braunen Augen an.

In ihrer Fantasie standen sie bald vor dem Traualtar. Sie in einem wunderschönen weißen Brautkleid, er im schicken weißen Anzug mit Fliege.

Ihr Brautkleid würde aus Seide sein mit etwas Spitze. Er sieht sowieso immer toll aus.

Eine weiße Kutsche bringt sie zur Kirche.

In ihren Träumen lief alles reibungslos und traumhaft ab.

Die feine Gesellschaft feierte bis in die frühen Morgenstunden.

Lisa blieb wider Erwarten nicht bei ihrem Liebsten, denn er zog sich mit Kopfweh zurück.

Es machte ihr nichts aus, mit Eltern und Schwester nach Hause zu fahren. Wenn Patrick seine Ruhe brauchte, dann sollte er sie auch haben. Sie würden den Rest ihres Lebens zusammen verbringen. Kein Problem!

Am nächsten Morgen sahen sie sich in der Firma wieder.

Dass Patrick sich nicht mal mehr per SMS gemeldet oder es zur Begrüßung weder Kuss noch liebevolle Berührungen gegeben hatte, wunderte Lisa nicht. Patrick hatte bestimmt noch Kopfweh! Der Ärmste!

Lisa störte es auch nicht, dass Vater und Sohn mit versteinerten Mienen alleine ins Büro des

Seniorchefs gingen. Es handelte sich bestimmt um etwas Geschäftliches.

Oder gab es doch ein Familiengeheimnis, in das sie noch nicht eingeweiht werden durfte? Eloise hatte so etwas erwähnt. Aber sie konnte Patrick eh nicht leiden.

Ach was, das hätte Patrick ihr sicher erzählt.

Während sie Kaffee für ihre beiden Chefs und jetzt auch Familienmitglieder kochte, schwelgte Lisa in Erinnerungen.

Der gestrige Abend war so wunderschön.

Nur ihre angehende Schwiegermutter machte einen nicht gerade erfreuten Eindruck.

Ob sie mit der Heirat ihres Sohnes und ihr ein Problem hatte? Sie war ja nur die Assistentin ihres Sohnes und nicht so eine Tussi aus reichem Haus.

Ach, was, vielleicht hatte sie ein anderes Problem.

Hm, hoffentlich ist sie nicht das Exemplar: Böse Schwiegermutter! Oh Gott, das wäre ja grässlich.

Abrupt wurde Lisa aus ihren Gedankengängen geweckt.

Patrick stürmte aus dem Büro seines Vaters. Wutentbrannt knallte er die Tür zu. Was war nur los mit ihm?

Warum läuft er einfach weg? Warum redet er nicht mal mit mir, sondern ignoriert mich völlig?

Was mag da passiert sein?

Aus dem Büro ihres zukünftigen Schwiegervaters hörte sie ein Wimmern.

Sofort lief sie zum Senior. Er hatte seinen Kopf auf den Schreibtisch gelegt und weinte.

So ein starker Mann und er weinte so jämmerlich.

»Was ist passiert?«

Lisa strich dem Senior sanft über sein Haar.

Ulf Maysers Kopf bewegte sich nur langsam hoch. Er hielt seine Hände vors Gesicht.

»Ich kann nicht mehr. Mein einziger Sohn, das ist eine Blamage.«

Erneut fragte Lisa.

»Was ist denn passiert?«

»Komm, Kind, setz dich.«

So kleinlaut hatte Lisa den Senior noch nie erlebt.

Bevor Ulf Mayser ihr alles erzählen konnte, klingelte sein Telefon.

»Das ist sehr wichtig. Da muss ich leider drangehen. Wir reden später, ja.«

Lisa nickte und verließ den Raum.

Noch bevor sie anfangen konnte, sich weiter Gedanken zu machen, klingelte ihr eigenes Telefon.

Frau Schäfer bat sie, eine eilige Sendung für den Seniorchef am Empfang abzuholen.

Kein Problem. Das gehörte auch zu Lisas Aufgaben, schließlich war sie die Assistentin der Geschäftsleitung.

Zwei Minuten später stand Lisa am Empfang.

Jetzt telefonierte Frau Schäfer und zuckte mit den Achseln.

Da Lisa das Päckchen nicht direkt vorfand, nutzte sie die Gelegenheit, um endlich mal ihrem menschlichen Bedürfnis nachzugehen. Man kommt ja zu nichts!

Die Gästetoiletten waren schräg hinter dem Empfangsbereich.

Für die Damen und Herren gab es einen gemeinsamen Vorraum und drei Waschbecken.

Lisa wollte gerade in die Damentoilette gehen, da hörte sie keuchende Geräusche aus der Herrentoilette.

Oh, da hatte jemand echte Probleme, dachte Lisa und schmunzelte.

Das Keuchen ging über in lautstarkes Stöhnen. Gott, ob es da jemandem schlecht geworden ist?

Aber sie konnte doch nicht einfach in die Herrentoilette gehen.

Sekunden später ein Aufschrei! Lisa überlegte nicht lange und stürmte in die Herrentoilette. Was solls, da brauchte jemand ihre Hilfe.

Von wegen! Was sie da zu sehen bekam, war alles andere als erfreulich für sie.

Lisa traute ihren Augen nicht!

Der Mann, den sie bald heiraten wollte, stand mit offenem Hosenstall und ziemlich eindeutigen Bewegungen halb in der ersten Toilettentür!

Oh nein, betrügt er mich schon vor der Ehe? Wieso kann er hier mit einer anderen Frau......
und wir haben noch nicht.......?

Langsam näherte sie sich dieser Szenerie.

Aber, das war doch gar keine Frau.... Das war Winnie, der Bote.

Um nicht zu schreien, hielt Lisa sich ihren Mund zu.

Sie konnte nicht glauben, was sich da gerade abspielte!

Ihr Patrick war schwul!

Unbemerkt rannte sie aus der Herrentoilette. Die beiden Männer waren so in Ekstase, dass sie Lisa gar nicht bemerkt hatten.

Ihr wurde schwindelig. Alles in Lisas Kopf drehte sich. Weinend brach sie in Frau Schäfers Armen zusammen.

»Kindchen, was ist denn los?«

Die Empfangsdame kümmerte sich rührend um Lisa und gab ihr ein paar Beruhigungstropfen, denn offensichtlich hatte die junge Frau gerade einen Zusammenbruch.

Mit Frau Schäfers Taschentuch trocknete sich Lisa ihre Tränen, die ihr unaufhaltsam über die geröteten Wangen liefen.

Patrick Mayser stürmte aus der Toilettentür heraus, tat so, als ob nichts gewesen wäre, und ging wortlos und arglos an Lisa und Frau Schäfer vorbei.

Ganz der arrogante Fatzke, wie sie ihn ursprünglich kennengelernt hatte.

Bedeutete sie ihm wirklich rein gar nichts?

Lisa verstand die Welt nicht mehr, die bis eben noch in Ordnung schien.

Mein Gott, was war ich doof!, schoss es Lisa sofort durch den Kopf. Bin ich eine blöde Kuh! Wie konnte ich nur so blauäugig sein!

Sekunden später folgte ihm Winnie, der zwar die auf dem Boden hockende Lisa bemerkte, aber durch eine eindeutige Handbewegung von Frau Schäfer weggeschickt wurde.

»Danke, den hätte ich jetzt nicht ertragen.«

Lisa blieb regungslos auf dem Boden sitzen.

Fürsorglich reichte die Empfangsdame ihr ein Glas Wasser.

»Danke, das ist sehr nett von Ihnen.«

Frau Schäfer hatte schon lange geahnt, dass der Junior gerne zweigleisig fuhr.

»Kindchen, der Mann ist schwul oder bi, oder was auch immer! Vergessen Sie ihn.«

»Wir wollten doch heiraten«, nuschelte Lisa und trank kurz einen Schluck Wasser.

»Lassen Sie ihn laufen. Sie finden nochmal einen anderen.«

Klar, jetzt kommt wieder der Satz: Andere Mütter haben auch noch schöne Söhne, dachte Lisa und schüttelte den Kopf.

»Nein, danke.«

Langsam erholte sich Lisa von diesem Schock. Aber jetzt nach oben gehen und so tun, als ob nichts gewesen wäre? Nein, das konnte keiner von ihr verlangen.

Frau Schäfer bestellte ein Taxi für Lisa, ließ ihre Handtasche und Jacke durch eine Mitarbeiterin aus der Produktion holen.

Für den Rest des Tages meldete sie Lisa beim Personalchef krank.

»Das ist sehr nett von Ihnen. Vielen lieben Dank.«

Die niedergeschlagene Lisa war der Empfangsdame wirklich sehr dankbar für ihre Hilfe. Alleine hätte sie das in diesem Moment sicher nicht geschafft.

Zu Hause angekommen, fiel Lisa ihrer Mutter weinend in die Arme.

»Ach, Mama, dieser Schuft, er hat mich belogen.«

»Ich weiß, mein Kind, ich weiß.«

Mutter Eva streichelte ihrer Jüngsten über den Kopf.

»Woher weißt du das?«, fragte Lisa erstaunt. Hatte ihre Mutter das vielleicht auch schon geahnt?

Es schienen ja alle zu wissen, nur sie eben nicht.

Zwar hatte Eva von Anfang an das Gefühl, das mit dem jungen Mann etwas nicht stimmte, aber in diesem Fall konnte sie der hilfsbereiten Frau Schäfer dankbar sein.

Kurz nachdem Lisa ins Taxi gestiegen war, rief Frau Schäfer zu Hause bei Lisa an, denn die Arme tat ihr richtig leid. Sie konnte sicher den Trost ihrer Eltern und Schwester gebrauchen, denn die Empfangsdame hatte überall ihre Ohren und wusste somit, wie sehr Lisa mit ihren Lieben verbunden war.

Dieses Mal hatten die Kollegen nicht über Lisa und ihr gutes Verhältnis zu ihren Lieben gelacht, denn es waren sich die meisten von ihnen einig. Das hatte sie nicht verdient!

Mutter Eva und Lisa setzten sich in den Garten. Die frische Luft würde ihrer Tochter sicher guttun, dachte sie.

»Er hat mich nur benutzt«, schluchzte Lisa immer weiter. Ihre Augen waren ganz rot, weil sie unentwegt heulen musste.

»Lass ihn einfach gehen, Lisa. Er ist es nicht wert«, versuchte Eva ihr Kind zu beruhigen.

»Soll er doch bleiben, wo der Pfeffer wächst.«

Max und Moritz spürten, dass es ihrem geliebten Frauchen nicht gut ging.

Den Rest des Tages blieben die beiden Hunde an ihrer Seite. Max lag auf ihren Füßen und Moritz kuschelte auf ihrem Schoß.

Das war wirklich Liebe und nicht so etwas wie von diesem Schauspieler.

Nach einem langen Abend voller liebevoller Gespräche mit ihren Eltern und Schwester sowie einer durchwachten Nacht, stand für Lisa ganz sicher fest:

Da gehe ich nicht mehr hin!

Sollte sie weitere Demütigungen ertragen? So konnte und wollte sie nicht weitermachen.

In der ersten Woche ließ Lisa sich krankschreiben. Das taten ihre Kollegen auch oft und waren trotzdem gut angesehen.

Es kam keine Nachricht.

Nicht von ihrem Seniorchef, der sie angeblich so gerne hatte und für die perfekte Schwiegertochter hielt. Nicht vom Personalchef, der sonst so integer war. Von ihren Kolleginnen hörte sie sowieso rein gar nichts.

Und Patrick? Der schien wie vom Erdboden verschwunden zu sein. Keine Entschuldigung, keine Erklärung. Nichts!

Aber was kann ich auch von ihm erwarten?, dachte Lisa sich an diesem Morgen.

Drei Tage waren vergangen.

Plötzlich klingelte es an der Haustür.

Ihre Mutter öffnete die Tür und stutzte.

Sollte das etwa Patrick sein?, fragte sich Lisa.

Nein, es war nicht Patrick, der zu Besuch kam, es war Ulf Mayser, der zerknirscht mit einem Blumenstrauß vor ihr stand. Dieses Mal waren es rosa Nelken, die für Dankbarkeit stehen.

»Das tut mir alles sehr leid, Lisa. Bitte glaube mir, es war nie meine Absicht, dich zu verletzen.«

Na, immerhin waren wir beinahe Verwandte noch per du.

»Ich mache dir auch gar keine Vorwürfe, aber komm doch erst einmal herein. Lass uns ins Wohnzimmer gehen, bitte.«

»Gerne.«

Mit gesenktem Kopf folgte ihr der Senior.

Ihre Mutter brachte Kaffee und Gebäck, verschwand wieder, damit die beiden sich in Ruhe unterhalten konnten.

»Danke, Mama.«

»Danke, liebe Frau Morgenthau, das ist wirklich sehr freundlich von Ihnen.«

Ulf Mayser lächelte Eva Morgenthau an. Er wusste, dass es keinesfalls selbstverständlich war, dass er so nett empfangen wurde.

»Ich denke, es ist meine Schuld, das alles so gekommen ist«, flüsterte er und nippte hastig am viel zu heißen Kaffee.

»Meine Frau und ich haben nur dieses einzige Kind. Er sollte einmal in meine Fußstapfen treten, eine Familie gründen, aber irgendwie ist da etwas aus dem Ruder gelaufen.«

Na ja, so konnte man das auch nennen, dachte Lisa, aber sie wollte ihn nicht unterbrechen.

»Patrick fühlte sich von mir und von meiner Frau immer in eine Schublade gesteckt, in eine Art Zwangsjacke, weißt du?«

Lisa verstand nicht ganz, was er ihr damit sagen wollte. Soweit sie das beurteilen konnte, hatte er alles, was ein Kind sich nur wünschen kann.

Eine schicke Villa, Luxus pur, Eltern, die für ihn da waren, eine Firma, die einmal ihm gehören sollte. Wo war denn da der Haken?

»Meine Frau ist sehr dominant, wie du vielleicht schon feststellen konntest?«, begann Ulf Mayser.

Lisa nickte. Oh ja, das konnte sie sich sogar sehr gut vorstellen. Hatte sie doch den Eindruck, ihr als angehende Schwiegertochter nicht gut genug zu sein.

»Eigentlich wollte ich immer nur das Beste für alle. Die Firma sollte bald Patrick gehören, wenn er uns eine Frau und möglichst viele Enkelkinder schenken würde. So war es jedenfalls unser Plan.«

»Unser Plan?«, fragte Lisa und es fiel ihr wie Schuppen von den Augen. Sie sollte also nur so eine Art Brutstätte werden, um die Nachfolge zu sichern. Super!

»Nun, ich wollte Patrick formen. So wie mein Vater mich seinerzeit geformt und zum Firmenbesitzer gemacht hat. Leider funktionierte das nicht. Mein Sohn hatte da ganz andere Vorstellungen vom Leben«, entschuldigte sich der Senior.

Lisa sah ihn mitleidig an.

»Du bist doch hier nicht der Schuft. Das ist Patrick. Er hat mich belogen und benutzt.«

Der Senior zuckte mit den Achseln.

»Vielleicht, aber ich trage ganz sicher eine gewisse Mitschuld, denn ich wollte etwas aus ihm machen, was er nicht wollte. Das sollte man nie tun.«

»Wo ist er denn? Eigentlich müsste er sich bei mir entschuldigen.«

Ihre Wut und Traurigkeit konnte Lisa vor ihrem Fast-Schwiegervater nicht verbergen.

Ulf Maysers Stimme klang melancholisch.

»Er ist nach Bali geflogen und wird dort eine ganze Weile bleiben.«

»Allein?«

»Nein, sein neuer Freund ist mit ihm verreist.«

Lisa fiel es sofort wie Schuppen von den Augen.

»Lass mich raten! Winnie!«

Der Senior nickte nur und wäre am liebsten in den Erdboden versunken.

Dieses miese Verhalten fand Lisa einfach nur schäbig. Sie spürte, wie die Wut in ihr hochkochte.

»Dann wollen wir mal hoffen, dass die beiden Herren glücklich miteinander werden.«

Für Lisa stand fest, dass Patrick in ihr eine Menge Scherben hinterlassen hatte.

Ein gebrochenes Herz, Wut, Enttäuschung.

Aber sie war mal wieder um eine Erfahrung reicher.

Patrick jedoch wurde aus ihrem Leben gestrichen. Für immer!

»Kommst du am Montag wieder zur Arbeit?«, fragte Ulf Mayser kleinlaut.

»Nein, ich denke nicht. Ich brauche Abstand, sehr viel Abstand. Das kannst du doch sicher verstehen.«

Natürlich konnte der Senior das und nickte.

»Sicher kann ich das verstehen, aber ich brauche dich doch. Wem soll ich denn noch vertrauen?«

Lisa tat das zwar alles leid, denn er war ein sehr sympathischer Mann.

»Rechne nicht mit mir. Aber ich überlege es mir noch.«

»Gut, dann erwarte ich deine Entscheidung in Kürze. Bitte komm zurück. Ich brauche dich«, flehte der Senior sie an.

WAS NUN?

Dass Lisa nicht mehr in die Firma zurückkehren wollte, musste Ulf Mayser schweren Herzens akzeptieren.

Die mittlerweile Achtundzwanzigjährige unterschrieb einen Aufhebungsvertrag, denn der Seniorchef wollte sie ein wenig entschädigen für all die Unannehmlichkeiten, die sie wegen seinem Sohn hatte.

Er zahlte ihr eine Abfindung von sechs Monatsgehältern. Damit konnte er, zumindest in seinen Augen, etwas gutmachen.

Keinesfalls wollte Lisa Almosen annehmen, aber nach Rücksprache mit ihrem Bruder, der ja schon immer ihr Ratgeber gewesen war, unterschrieb sie diesen Vertrag. So bekam sie ein wenig Zeit, um sich neu zu orientieren.

Arbeitslos wollte sie sicher nicht werden.

Eins war ihr jedoch sofort klar:

Ich will mich nie wieder verarschen lassen! Egal, von wem.

Mit der Firma Mayser hatte sie komplett abgeschlossen und wünschte auch keinen Kontakt mehr zum Senior.

Nur mit Annette Feldbach telefonierte sie ab und zu, denn sie war ihr eine gute Freundin geworden.

Annette hörte wenigstens immer richtig zu, und tratschte nichts weiter.

Aber wie sollte nun ihre berufliche Zukunft aussehen?

Ein halbes Jahr war schnell vorbei.

Klar, sie hatte die Anteile an der Obst- und Gemüseplantage, die ihr Bruder ihr großzügigerweise zum Geburtstag geschenkt hatte.

Immerhin brachte das ein stolzes Sümmchen von etwa vierzigtausend Euro pro Jahr ein.

Als Ledige hatte sie jedoch mit saftigen steuerlichen Abzügen zu rechnen. Also blieb davon nur etwa die Hälfte über.

Immer noch ein nettes Sümmchen, aber sie konnte und wollte sich in ihren jungen Jahren nicht einfach auf die faule Haut legen.

Ein Leben ohne Arbeit konnte sich Lisa nicht vorstellen.

Also wie sollte ihre berufliche Zukunft aussehen?

Zuerst ließ sie sich ihre Haare kürzer schneiden. Man spricht doch immer von „alten Zöpfen abschneiden", dachte sie.

Manchmal half sie ihrer Mutter mit den Büroarbeiten. Die Tätigkeit als Installateur war auch nicht so rosig, dass sich ihr Vater hätte zwei Mitarbeiterinnen leisten können.

Sie erinnerte sich, dass sie am Morgen in der Tageszeitung einen Artikel über Schreibbüros gelesen hatte.

Vielleicht wäre das die Lösung?

Was macht ein Schreibbüro?, dachte Lisa und machte eine erstaunliche Entdeckung.

Man braucht ein sicheres Gefühl für Grammatik, Sprache und Rechtschreibung, private oder geschäftliche Briefe werden erstellt, irgendwie also alle anfallenden Schreibarbeiten. Sie kennt das doch alles nicht zuletzt von ihrer Ausbildung zur Bürokauffrau.

»Das ist es! Das ist perfekt!«, schrie Lisa durchs Haus.

Aufgeregt lief sie zu ihrer Mutter, die gerade das Mittagessen vorbereitete.

»Ich gründe ein Schreibbüro!«

»Das ist eine tolle Idee«, fand Eva Morgenthau und umarmte ihre Tochter.

Sie konnte organisieren und fleißig war ihre Tochter auch. Warum sollte sie das nicht in einer Selbständigkeit schaffen?

Kurt Morgenthau war genauso begeistert von dieser Idee, nicht zuletzt, weil auch er ihr das zutraute.

Voller Elan informierte sich Lisa im Internet.

Fieberhaft überlegte sie.

Was brauchte sie alles?

Zuerst einen Geschäftsplan. Den hatte sie!

Dann einen Businessplan: Da kam sie spielend dran! Vater und Schwester sind bereits selbständig.

Das Anfangskapital: War Dank Ulf Mayser vorhanden!

Der Arbeitswille: Das war ganz sicher kein Problem!

Und zuletzt gute Nerven: Klar, das hatte sie gelernt!

Also! Worauf noch warten?

Ran an den Speck!

Die Beantragung des Gewerbescheins war schnell erledigt! Also konnte sie diesen Punkt abhaken!

Familie Morgenthau renovierte das Büro der Installationsfirma. Die Wände wurden neu in gelb gestrichen, das sollte die Kreativität anregen. Doch das ist in ihrem Fall sicher nicht notwendig. Ihre Ideen sprudeln nur so aus ihr heraus!

Mutter und Tochter würden sich blendend verstehen. Da gab es keinerlei Zweifel!

Evas Schreibtisch stand unterhalb des Fensters und Lisas Schreibtisch an der Wand.

Die Schreibtische wurden neu gekauft und auch die Bürostühle waren bequemer als die in der alten Firma.

An der Wand geradeaus standen mehrere Regale, die sich Eva und Lisa redlich teilten. Auch da würde es nie zum Streit kommen.

Drucker und Scanner waren für beide da. Nur hatte jede ihren eigenen Computer.

Nun fehlten Lisa nur noch die Kunden.

Die ersten Kontakte knüpfte sie mit Hilfe ihres Vaters. Er kam mit genügend Menschen in Verbindung und rührte fleißig die Werbetrommel für das neue Schreibbüro.

Ihre Schwester Eloise machte Werbung in ihrem Laden, im Verein, bei Freunden und Bekannten.

Mutter Eva verteilte in sämtlichen Geschäften der Stadt Flyer. Die Geschäftsleute genehmigten ihr das gerne und wurden auch ab und an zu Kunden des neu eröffneten Schreibbüros.

Sie brauchten keine festen Angestellten und konnten Lisas Dienste in Anspruch nehmen, wann immer es dafür Bedarf gab.

Ja, und sogar Ulf Mayser, der durch einen Werbeflyer   zufälligerweise   von   Lisas

Schreibbüro erfahren hatte, schickte ein paar Geschäftsfreunde zu ihr.

Was sprach dagegen?, dachte Lisa.

Warum sollte sie nicht mal das Glück auf ihrer Seite haben?

Warum nicht mal vom sogenannten Vitamin B profitieren?

Es kamen immer mehr und mehr Aufträge, so dass Lisa sich über mangelnde Arbeit nicht beklagen konnte.

Ab und zu half sogar ihre Mutter bei ihr aus, um alle Aufträge erfüllen zu können.

Ob nun Geschäfts- oder Kundenbriefe schreiben, Gutachten abtippen, Kopien fertigen, Adressaufkleber, Listen oder Tabellen erstellen oder Reden schreiben.

Lisas Schreibbüro erledigte alles prompt und zuverlässig, so wie ihre Chefs das auch früher von ihr gewohnt waren.

Jetzt fühlte sie sich endlich frei und glücklich.

Und vielleicht kam auch irgendwann doch noch die große Liebe, an die sie zuletzt gar nicht mehr glauben wollte?

Es konnten ja nicht alle solche Schufte sein wie Sebastian oder Patrick.

Abends auf der Terrasse trank sie ein Glas Rotwein. Dieses Mal nicht aus Frust, sondern einfach zur Entspannung und zum Vergnügen.

Bei dieser Gelegenheit fiel ihr ein Spruch ein:
„Alles Schlechte hat auch sein Gutes!"
Wie wahr das doch alles war.

Aus allem, was sie in den vergangenen Jahren gelernt hatte, zog Lisa Morgenthau das folgende Fazit:

Wenn du hinfällst, dann stehe einfach wieder auf!

Richte das Krönchen auf dem Kopf und mach weiter!

Gib niemals auf!

Frei nach dem Motto:

Alles auf Anfang, Lisa!

BIOGRAFIE DER AUTORIN

Anna Maria Kuppe ist im Rheinland geboren, verbrachte ihre Teenagerzeit im Ruhrgebiet, erlernte den Beruf der Industriekauffrau und arbeitete nach ihrer Rückkehr ins Rheinland über dreißig Jahre in einer Sprachenschule.

2010 verstarben kurz hintereinander ihre beiden Kater. Die Autorin schrieb die mit ihnen erlebten Geschichten auf. Daraus entstand ihr erstes Buch. Mittlerweile begeistern Rabauke und Biene nicht nur Kinderherzen.

Es folgte ein Roman und sie publiziert in den Genres Kinderbuch und Belletristik.

Lieferbare Titel:

„Der Rabauke und die Biene"

ISBN 978-3-7357-3742-7

„Rabauke und Biene bereisen die Welt"

ISBN 978-3-7460-5893-1

„Rabauke und Biene im Feenland"

ISBN 978-3-7357-2211-9

„Rabauke und Biene feiern Weihnachten"

ISBN 978-3-7519-5623-9

„Rabauke und Biene suchen den Osterhasen"

ISBN 978—3752-68981-5

„Ostseeferien mit Rabauke und Biene"

ISBN 978-3-7526-8493-3

„Regionale Kochschule mit Rabauke und Biene"
ISBN 978-3-7557-3810-7
„Rabauke und Biene auf den Spuren der Natur"
ISBN: 978-3-7578-1940-8
„Lustige Alltagsgeschichten mit Rabauke und
Biene"
ISBN 978-3-7583-1514-5

Drei der Rabauke und Biene Bücher sind bereits in
englischer Sprache erhältlich! Rabauke und Biene
heißen dort: David and Dennis.

"David and Dennis travel the world"
ISBN 978-3-7557-6995-8
"David and Dennis celebrate Christmas"
ISBN 978-3-7562-1650-5
"David, Dennis and the fairies"
ISBN 978-3-7562-4315-0

Eine herzergreifende Familiengeschichte:
„Liebe, die nie zerbricht"
ISBN 978-3-7460-0996-4